薬売りの聖女
～冤罪で追放された薬師は、辺境の地で幸せを掴む～

クナ
魔法薬師。
アコ村を追放され、
ウェスの町に辿り着く

マデリ
クナの師匠
リュカ
クナが死の森で
命を救った冒険者
ロイ
死の森で出会った白銀の狼。
普段は小犬の姿

クナの調合したポーションが、あっという間に完売する日が来るだなんて。
（がんばってお金を稼いで、早く道具も揃えたいし）
そう、貯金ができたら、調合道具一式を揃える予定なのだ。

薬売りの聖女

～冤罪で追放された薬師は、辺境の地で幸せを掴む～

Harunadon
榛名丼

illustration
COMTA

口絵・本文イラスト
COMTA

装丁
寺田鷹樹（GROFAL）

Contents

本書は、カクヨムに掲載された同名作品を加筆修正したものです。

第一章　村からの追放

それは月の光も差さない、暗い夜のこと。

草の生い茂る鬱蒼《うっそう》とした森の中。少女がひとり、うつ伏せに倒れていた。

麻でできた服はところどころが裂けており、そこから布の色が変わるほど赤い血がにじんでいた。

全身に負った傷の痛みに、少女は呻《うめ》き声を上げる。

（ああ……私、ここで死ぬのかなぁ）

苦しい。痛い。

辛くて泣きだしたい。

だけれど、泣くための水分ももう身体に残っていない。

少女――クナは、ぼんやりと薄く目蓋《まぶた》を開く。

走馬灯のように彼女の脳裏を流れていくのは、ほんの数日前の出来事だった。

◇　◇　◇

木製の戸につるした呼び鈴が、カランと鳴る。

小さなカウンターに肘《ひじ》をつき、うとうとしていたクナは、その音に顔を上げた。

肩ほどまで伸びた黒い髪。切れ長の橙色《だいだいいろ》の目は、一見すると冷たい印象だ。

仏頂面をにこりともさせず、クナは客人に声を投げかけた。

「いらっしゃい」

「おう。ポーションあるか？」

入店してきたのは三軒先に住む青年だ。無愛想なクナにも慣れた調子で訊《たず》ねてくる。

といっても、ここはイシアという小国の僻地《へきち》にある、アコ村——最果ての村と呼ばれる場所である。こんなところまで知らない顔が訪ねてくることは、滅多にない。

「初級ポーションね。何本？」

一本指を立てられたクナは頷《うなず》いて立ち上がる。

「あ、青いほうな」

「……はいはい」

言われずとも、もちろん分かっている。嘆息交じりに返事をした。

クナはしゃがみ込んで、カウンター下にある商品棚を開ける。その間、青年は半ば愚痴っぽく漏らしている。

「親父がつま先に鍬《くわ》を落としちまって、指がちょっと腫《は》れちまってよ。まったく、年なんだからそろそろ無理しないでほしいんだが」

「そうなんだ」

軽い口調からして重傷ではないようだ。

それならば兄の作ったポーションで一本でじゅうぶんだろう。クナの作ったポーションとは異なり、兄ドルフのポーションはとてつもなく効き目がいいと評判だ。

クナの職業は薬師だ。二人きりの兄妹は、祖母マデリから継いだ薬屋を営んでいる。

マデリは優れた薬師だった。八年前――クナが七つの頃に亡くなってしまったが、偉大な師に少しでも追いつきたくて、クナは毎日努力を重ねている。

(実際は、私が作ったポーションは一本も売れない有様だけど)

また廃棄することになったと知られれば、ドルフは盛大に溜《た》め息《いき》を吐くことだろう。

薬瓶を取りだしたクナは、膝《ひざ》に手を置いて立ち上がった。ちょうど今日はこれが最後の一本だ。

ドルフの作ったポーションの、と頭につくが。

クナのポーションは今日も売れず、今朝と変わらず商品棚に鎮座している。

「三百ニェカね」

「……常連なんだから、ちょっとおまけしてくれないか？」

無言のまま、カウンター越しにクナは右手を突きだす。この薬屋に、値引き交渉に応じてやれるほどの余裕はないのだ。

青年は肩を竦《すく》めて、ポケットから出した薄汚れた硬貨を――クナの手のひらではなく、カウンターの上に落とした。

クナは低い鼻を鳴らす。

「……まいどあり」

硬貨を片手で拾ったクナは、瓶を手渡した。

小さな声でぶつくさ文句を言いつつ、青年は店を出て行く。こんなことは慣れっこだが、苦々しい気分になるのは変わらない。

気を取り直し、ぼろい椅子に座り直そうとしたクナだったが、カーン、カーン、カーン……と、風に乗って頼りなげな鐘の音が三度響いてきたので、窓の外を見やった。

夕の鐘の音だ。これが鳴ったら店じまいである。

表に出て、木戸にぶら下げている営業中の木札を裏返す。

ついでにきょろきょろと、目に見える範囲を確認してみるが。

(兄さんは……まだ帰ってこないか)

薬草採集を言い訳に、ドルフが意中の女性を連れて出歩くのはいつものことだ。

文句は言えない。捨て子でありながら家に置き続けてもらっている恩があるし、薬屋の売り上げの大半はドルフが作ったポーションである。

だが、ドルフは自分が家計を支えている自負があるからか、ポーション作り以外はまったく仕事を手伝ってくれなくなった。

クナは毎朝早起きして、二人分の食事を作る。裏にある薬草畑や野菜畑の世話をし、保管庫内の管理や点検をして、店番も休みなく務めている。

もちろん店じまいのあとは、今日の売り上げについて帳簿をつけるのも忘れない。

帳簿づけを終え、一日の疲れを取るように伸びをしたクナは、「よし」と立ち上がる。

ここからが、クナにとって楽しみの時間だ。

「ポーション作るか」


クナは、邪魔にならないよう髪の毛を首の後ろで無造作に括る。

服は庭先ではたいて埃《ほこり》を落とし、物干《ものほ》し竿《ざお》に干していた前掛けを身につける。

水瓶から桶《おけ》で水を汲《く》んできたら、爪の間から肘にかけて両腕を丁寧に洗う。今朝、井戸から汲んできた水はまだひんやりとしている。濡《ぬ》れた手は清潔な手巾で拭《ぬぐ》った。

次に霧吹きを手に拭《ふ》きかけ、両手をすり合わせる。酒精と水とを混ぜて作った特製の消毒液だ。

ポーション作りには広い空間が必要なので、受付奥に併設された調合室に移動して行う。自宅兼薬屋の建物内で、調合室だけは板間になっており、靴を脱いで作業を行うようになっている。

乳鉢と乳棒を準備すると、刻んで陰干ししておいた薬草を乳鉢に入れる。

くずした両足の間に乳鉢を抱え込むと、クナは乳棒で中身をすり潰《つぶ》していく。

(ごりごり、ごりごりーっと)

薬草が細かく粉砕されていく。頃合いを見て乳鉢の中を観察し、クナはひとつ頷いた。

「……うむ、上出来」

乳鉢を抱えて、次は壁際に置いた竈《かまど》に向かう。

竈に据えた調合釜《がま》の中には、水魔法で生みだした魔力水をどばどばと大量に入れていく。ポーション十本分を予定しているので、それなりの量が必要だ。

炎魔法で調合釜の底に直接、火を作りだす。しかし、竈に薪炭《しんたん》はない。

ドルフに、薪を無駄にするなと言われているからだ。だからクナは魔力を注ぎ続けることで、本来は数秒と経たずに消えてしまう炎魔法の威力を持続させる。

クナは、いわゆる魔法薬師である。一般的な薬師に対し、魔力を使うことで、ポーションなど効能の高い魔法薬作りを生業にするのが魔法薬師だ。

魔法薬師にとって、水魔法や炎魔法の素養は必須《ひっす》といえた。

（この程度の魔法なら、使える人のほうが多いだろうけど）

一定量の魔力を流し込み、火の大きさを調整する間に、魔力水がふつふつと沸騰してくる。

潰したばかりの薬草を投入してからは、延々と木べらでかき混ぜる作業だ。

もともと無色透明の魔力水は、混ぜる間に緑色に変わりつつある。材料に使う薬草の色がにじみ溶け出たものだ。

もちろん、道ばたに生えている薬草をそのまま口に入れても体力は回復する。たとえば子どもが転んで膝に擦り傷を作ったとして、薬草なら一、二本ほど食べると傷は塞《ふさ》がる。身体の大きな大人であるなら、もう少し量が必要だろう。

だが、薬草一本でポーションを調合すれば、出来にもよるが、瓶一本分を飲みきるまでもなく子どもも大人も擦り傷程度なら回復する。

回復効率を重視するからこそ、薬草をポーションへと進化させるわけだ。

（それに草のままじゃ、苦くてまずいしね）

なるべくなら飲みやすい液状で、と思うのは当然である。

ぐるぐるぐる、とクナは調合釜の中身をかき回していく。炎魔法と同時に、ポーションの純度が上がるよう釜の中にも魔力を流し込みながら木べらを回すので、見た目よりずっと大変な作業だ。

マデリにポーション作りを習っていた頃は、この工程あたりでクナは気絶してしまっていた。でも今では魔力量が上がってきたのか、まったく苦ではなく、一日に二十本のポーションが作れるまでになっていた。

マデリは一日に五十本のポーションを作っても平然としていた。師に追いつきたいクナとしては、五十本は無理だとしても、自分の限界を試してみたいところではあるが。

「薬草を無駄遣いするな、って兄さんに怒られるし」

しかし練習しなければ、いつまでも腕前は上がらない。だから今日もクナは兄が留守の間に、こっそりと練習しているのだった。

「本当は、別の薬草を使っていろんな調合も試してみたいけど」

小さな溜め息を吐く。初級ポーションの材料である薬草は、薬草畑や道ばたでも手に入るものの、他《ほか》の薬の材料はそうはいかない。

「森に潜れたら、いちばん手っ取り早いのにな」

アコ村を囲う森は『死の森』という物騒な名で呼ばれていて、見るからにいろんな材料が揃《そろ》っているのだが、立ち入り禁止とされている。

とはいっても、森の入り口に放牧される豚や鶏の姿は日常的に見かける。薪炭や、栗やきのこを得ようとする村人はいるし、クナだってこっそりと薬草を採っている。

だが誰も、立派な木々を斧《おの》で切り倒すことはない。地面に落ちた恵みを享受することはあれど、森を損なうような真似はしない。

それは誰もが、森への畏怖《いふ》と畏敬の念を自然と抱いているからだろう。

煌々《こうこう》と燃え盛る火は、クナが魔力を流すのをやめれば夢幻のように消えてしまった。

ポーション液が冷めたのを確認すると、瓶に移し替える前に、木杓子で掬《すく》って味を確かめる。

緑色のポーション液。おいしいかといえば、微妙だ。

どろりとした液体には独特の苦みがある。砂糖や蜂蜜《はちみつ》でもあれば味つけができるのだが、貧しいクナの家にそんな貴重なものはない。

目を閉じたクナは、その苦みを舌の上で転がして呟く。

「うん、いい出来映え」

それは、絶対に忘れることのないあの味――未だ舌に残っている、祖母が作ったポーションによく似ていると思うけれど。

「でも、駄目なんだろうなぁ……」

クナの作ったポーションは、村中で「外れポーション」と呼ばれている。

兄のドルフが作ったポーションなら傷が瞬く間に治るのに、クナのものはまずいだけで、ちっとも傷を癒やす効果はないのだと蔑《さげす》まれている。

マデリのポーションに、味だけが似ていてもどうしようもない。

これでは誰も買ってくれない。クナが作った黄色蓋《ぶた》のポーションは、いつも棚に売れ残っている。

「……だけど、私は魔法薬師なんだから」

そう、クナは自分を奮起させる。

憧《あこが》れの祖母に少しでも近づきたい。その一心で、努力を続けている。

それにポーションを作っているときだけは――いやなことは、全部忘れていられる気がするのだった。

◇◇◇

明くる日のこと。

ポーションを棚に補充し終えたクナは、裏の畑で水やりをしていた。

野菜や薬草の葉が、透明なしずくを落として光る。だが瑞々《みずみず》しいとは言い難い。

(相変わらず、土質が悪いな)

死の森に囲まれた不毛の土地であるゆえか。クナたち農民に与えられる猫の額ほどの耕作地も、作物を育てるのに適していない。

ごろごろと石が多く、地味《ちみ》が痩《や》せて乾いた土。野菜は小振りのものしかできないし、薬草の生長には長く時間がかかる。

土壌を改善するには、家畜のふんで作る堆肥《たいひ》が有効だ。それに朝の水やりでも、水魔法で生みだした魔力水か、あるいはポーションを混ぜてみてはどうかとドルフに提案したこともある。

だが、ドルフからは勝手なことをするなと言われている。

今のクナにとって、ドルフだけが家族と呼べる存在だ。家長の言いつけを破るわけにはいかない。マデリの遺言のこともあるから、なおさらだ。

——あの日のことを、クナは今でもよく覚えている。

その頃、体調を崩しがちで、横になっていることが多かったマデリを心配し、クナは薬草を摘みに行っていた。祖母のためなら、どんな難しい薬でも作ってみせると決めていた。

しかしクナが薬草でいっぱいになったかごを背負って戻ると、ドルフに出迎えられた。今までにないことだった。

ばあさんが死んだ、と平坦《へいたん》な声音で兄は言った。クナは冷たくなったマデリに抱きついて泣き続けた。心の片隅で覚悟していたといっても、クナはまだ七歳だった。祖母との別れはあまりにも突然だった。

『ばあさんは俺を後継者に選んだ。お前はこれから、俺の補佐として働くんだ』

やがて、部屋の戸口に立っていたドルフがそれだけを言った。

それがマデリの決定であるならば、クナに異を唱える理由はひとつもなかった。泣《な》き腫《は》らした目を拭って、クナは頷《うなず》いた。

（あれからもう、八年）

マデリが遺した薬屋を二人で切り盛りする。そんな希望はとっくに潰えた。クナの作る魔法薬は、村の誰からも求められていない。

水やりを終えたクナが裏口から店内へと戻ると、ドルフが慌てたように振り返った。

焦げ茶色の短い髪に、三白眼の男だ。厳ついが、見目はそれなりに整っている。

クナより五歳年上だが、小柄で痩せ細《ほそ》ったクナと異なり、ドルフは体格が良く逞《たくま》しい。

毎日クナの作る食事のほとんどは、大食らいのドルフが食べ尽くしている。今朝の食卓でもそうだった。家計をやりくりするには、クナが食事を抜いて我慢するしかない。

ドルフがカウンター横に立っているのは、ちょうどポーションを補充していたからだろう。クナが並べておいた黄色蓋のポーションを奥にどかすようにして、青蓋のポーションが整然と並んでいる。

「お前、クナ、どこ行ってたんだ」

詰問するような口調で問われ、クナは眉《まゆ》を寄せる。

「畑の水やりだけど」

「ああ……そ、そうか。そうだな。ポーションは作っておいたぞ」

「分かった」

通り過ぎようとするクナの細い手首を、ドルフが力任せに掴《つか》む。

顔をしかめるクナに、高圧的にドルフが言う。

「おい、お礼はどうした？」

ぐ、とクナは唇を噛《か》む。

「……ありがとう、ございます」

毎朝のように強要されるお礼。

本当は言いたくない。言いたくないけれど、お礼を言わないといつまでも解放してもらえない。

口角を上げたドルフが、ようやく手を離す。

手首は赤くなっている。しばらく経てば青痣《あざ》になるだろう。ポーションを飲んだとき、治り具合を実験できるな、とクナはぼんやりと思う。

――そうでも思わないと、毎日やっていられない。

「クナ。お前は魔法薬師としての才能もないのに、愛想もないと来た。ないない尽くしでどうするつもりだ？」

「……ごめんなさい」

「不美人なのはどうしようもないが、せめてシャリーンを見習って笑顔のひとつでも身につけろよ」

満足に薬を作れないクナのことを、いつもドルフは乱暴な言葉を並べて責め立てる。

クナは言い返さない。ドルフの指摘は事実だと分かっている。だが毎日のように馬鹿にされる日々では、とても笑顔など作る気力が湧かない。

「でも私……がんばるから。兄さんみたいにちゃんと調合もやれるようになるから」

「その言葉、何十回か聞いた覚えはあるんだがな」

ドルフは白けた顔つきで、クナを見下ろしている。

「ばあさんはどうしてお前みたいな役立たずを拾ってきたんだか！」

決まって最後に同じような捨て台詞を吐いて、ドルフは店を出て行く。

立て付けの悪い木戸が、バン！　と耳障りな音を立てて閉まる。

しばらく気配を消すように俯《うつむ》いていたクナは、ドルフが戻ってこないのを確認すると、静かに表へと出た。

準備中になっていた木札を裏返して、店の中に引っ込む。カウンターに座ってしばらくして、ようやく肺に溜《た》まっていた息を吐いた。

ドルフや村人たちに何を言われても、クナは泣かない。

涙はとっくに涸《か》れ果てた。同時に、笑顔の作り方も忘れた。

マデリが存命だった頃とは何もかも違うのだ。

小鳥の形をした呼び鈴が鳴る。クナは気力を振り絞るようにして立ち上がった。今日も明日も、明後日も続く。いつまでも落ち込んではいられない。


しかしその日は、クナにも予想外のことが起きた。

店に次から次へと村人が訪れるのだ。

小さな村だ。こんなに売れ行きがいい日は今までになかった。

クナは信じられない思いだった。怪我人が多いのを喜んではいけないだろうが、それでも医者のいない村で、薬屋が必要とされているのをひたと実感する。

昼を迎える前に、あっという間に青蓋のポーションは売り切れになってしまった。

「……どうしよう。もうなくなっちゃった」

商品棚を確認したクナの顔色は悪い。

クナが作ったポーションはすべて余っている。だが、客が求めるのはドルフのポーションだ。

追加の分を頼もうにも、ドルフがどこをほっつき歩いているのか、店番をするクナは知らない。

「一度、店を閉めて捜しに行くべき？」

週七日のうち、安息日を除く六日間は、朝から夕の鐘が鳴るまで常に店を開けている。

しかしドルフからは、勝手に休憩をとったり店を閉めることを禁じられている。言いつけを破れば、手酷い折檻《せっかん》が待っているだろう。

迷っている間に、また呼び鈴が鳴った。

「……いらっしゃい」

客の顔を見て、クナは顔を強張《こわば》らせる。

シャリーン・タウ。

やって来たのは、クリーム色の長い髪の毛を背中に揺らす、豊満な身体つきの美女である。

村長の孫娘であり、美貌《びぼう》と権力を兼ね備えたシャリーンは、村中の男から憧れの目を向けられている。そんな彼女は、同い年のドルフといい仲だ。

「久しぶりね、クナ」

きれいな絹の服を着たシャリーンは、毛羽立った麻の服をまとうクナを一瞥《いちべつ》する。

シャリーンは立場を笠《かさ》に着ない、心優しい女性として知られているが、クナには露骨に冷たい態度を取る。しかも、他に人目がないときだけだ。

ドルフがいれば、まるで自分の妹のようにクナを可愛がる。ドルフはクナのような捨て子にも優しいシャリーンをしょっちゅう褒め称える。二人の恋愛の小道具として使われるたびに、クナはうんざりしていた。

「兄は留守だけど」

そのせいで、クナの声色には色濃い警戒がにじむ。

しかしシャリーンは気にしない様子で小首を傾《かし》げた。

「今日はドルフに用はないわ。ポーションを一本お願いできる？」

クナは舌打ちしたくなった。

（なんで今日に限って）

シャリーンが自らポーションを買いに来るのは珍しい。いつもは家政婦か小間使いを寄越すのに。

自身の運の悪さを呪いながら、クナは小声で打ち明けた。

「今は私の作ったポーションしかなくて」

「それでいいわ」

クナは思わず「えっ？」と声を上げてしまった。

――クナが作ったポーションの入った瓶は、黄色い蓋。

――ドルフが作ったポーションの入った瓶は、青い蓋。

母親に買い物を任された子どもは、数枚の硬貨を手に必ず「青いやつちょうだい」と言う。

黄色蓋は外れポーション。間違って買うと尻《しり》を叩《たた》かれるから、子どもたちだって注意して買いに来る。

村にひとつしかない薬屋だ。村人なら誰もが知っている常識である。シャリーンも当然、知っていることだ。

念押しするようにクナは言う。

「黄色蓋のポーションしかないんだけど」

「だから、分かってるわよ。それを売ってちょうだいよ」

それなのにシャリーンは問題ないと言う。ここぞとばかりにクナの不手際を責めることもしない。

クナは何かが胸につかえるような違和感を覚えて、黙り込んでしまう。

「客に商品が売れないって言うの？　クナ、何様のつもりかしら？」

逡巡《しゅんじゅん》を見抜いたシャリーンがまなじりをつり上げる。

クナはもう少し足掻《あが》くことにした。

「誰に使うつもり？」

見たところ、シャリーンに体調が悪い様子はない。

シャリーンはふぅ、と息を吐いて長い髪をかき上げた。

「ロイの調子がね、今朝から少しだけ悪いのよ」

「ロイが……？」

ロイというのは、シャリーンが飼っている小型犬の名前だ。

灰色の縮れた毛をした、つぶらな目の犬。数年前、村を訪れた行商人が連れていたのを、シャリーンが村長にねだって買い取ったのだが、世話に飽いた彼女はロイを放置するようになった。

首を縄で繋《つな》がれ、散歩ができないロイはいつも退屈そうだったが、クナが通りかかるたび嬉《うれ》しそうに尻尾《しっぽ》を振ってくれる。他の住人に気がつかれないよう、クナもロイに向けて小さく手を振ったものだ。

「可愛くない犬だけど、心配じゃない。確か小さな生き物には、ポーションを水で薄めて飲ませればいいのよね」

傲慢《ごうまん》なシャリーンにも、ロイの体調を気にする程度の良心は残っていたらしい。

シャリーンがクナを睨みつける。

「ロイ、クナには懐いていたわよね。そんな小犬を見捨てるつもり？」

クナの額に脂汗が浮かぶ。シャリーンは、密かな交流に気がついていたのだ。

まだ、躊躇《ためら》いはあった。しかしロイの名前を聞いた以上は無視できない。クナは商品棚からポーションを取りだし、震える手でカウンターに置いた。

緊張して、喉《のど》がからからに渇いている。

「百ニェカです」

「……そうだった！　黄色蓋《ぶた》はいつも安売りしてるのよね」

シャリーンが取りだしかけていた硬貨を、わざとらしく音を立てて財布に仕舞う。

「こんなに安くてお得なのにちっとも売れないだなんて、あたしだったら恥ずかしくて死んじゃうかも」

シャリーンがくすくすと笑う。クナが傷つくと分かって口にしている。

(でも、大丈夫……私は、ちゃんと作ってるんだから)

クナはそう自分に言い聞かせる。

使う材料は薬草と魔力水だけ。いつも味見をして、傷の治り具合も確かめている。

ドルフのポーションに比べて効果が劣るとしても、ポーションとしてはなんの問題もないはずなのだ。ロイの体調だって、きっと良くなるはず。

「今日は、一本だけでも売れて良かったわね」

シャリーンが一枚の硬貨を、カウンターの上に放り投げる。

勢いよく床に落ちたそれを拾う間に、シャリーンは薬屋を出て行ったのだった。

◇　◇　◇

「クナ。お前は薬と偽って、毒入りのポーションを売ったそうだな」

——最初、クナは何を言われたのか分からなかった。

幸いと言うべきなのか、シャリーンのあとにポーション目当ての客は訪れず、夕の鐘の音が聞こえてきた。

店じまいの時間だとクナが立ち上がったときだった。鐘の音が鳴り止むより早く、狭い店に大勢の村人たちが押し入ってきた。

その中には村でも屈強で、乱暴者として知られる二人組もいる。その手に武器こそないが、十五歳の少女であるクナを威圧するにはじゅうぶんだった。

彼らのあとから、年老いた村長が杖《つえ》をつきながら姿を現した。そこで村長が言い放ったのが、『毒入りのポーション』という信じられない言葉だった。

しばらく硬直していたクナは、どうにか口を開く。

「なんのことですか？」

震えを押し殺して、喉奥から声を絞りだす。何が何やら分からないが、黙っていては不利になるように思ったからだ。

そこに古い木戸が、立て続けにバン！　と音を立てて開いた。

「しらばっくれないでよ、クナ！」

「シャリーン……お前、家で待っていなさいと言ったのに」

村長は呆《あき》れたようだったが、シャリーンは引き下がらない。

昼間とはずいぶん様子が違う。激しい剣幕でクナを睨《にら》みつけている。だが乱入してきたシャリーンより、彼女と共に入店してきた男にクナは気を取られる。

「兄さん？」

味方と呼ぶべき兄が帰ってきたことにクナはほっとしたが、すぐに訝《いぶか》しげに目を細めた。

ドルフはいつまで経っても、クナに近づいてこない。返事もしない。

それどころかシャリーンの肩を支えて、気まずそうに天井あたりを見ている。その顔を見ていると、クナの胸がざわめいた。

シャリーンは片手に持っている空っぽの薬瓶を突きだすようにして、クナに見せてくる。

「今日の昼間のことだった。あなたはあたしに、この黄色蓋のポーションを売ったわよね？」

「……売った、けど」

「あたしはそれを、今朝から体調が悪かったロイに飲ませたの。……ねぇクナ。あなたのせいで、あの哀れな小犬がどれほど苦しんだと思う？」

「……まさか」

さぁっとクナの顔から血の気が引く。

「ロイは泡を噴いて死んだわ。あなたが毒入りのポーションなんか売ったせいでね」

シャリーンがクナの顔に指先を突きつける。

村中の女から嫉妬《しっと》を、男からは羨望《せんぼう》を向けられる美しいシャリーンの目は赤い。

流れ落ちた涙の跡も、頬にくっきりと残っていて同情を誘う。

だがそんなものに、クナは騙《だま》されない。

「……っお前！」

カウンターを飛び越えたクナは、シャリーンに掴《つか》み掛かろうとした。

その身体を、男たちが薬屋の床に押さえつける。

腕を掴まれ、あちこちを強打する。全身にひどい痛みを感じながら、クナはそれでも暴れた。

「……よくも！　よくもロイを殺したな！」

クナは確信していた。これはシャリーンの策略だと。

他の村人に根回しして、シャリーンはドルフのポーションを事前に売り切れにした。

こうして不自然でない状況を作った上で、自分はクナが作ったポーションを買う。その中に毒を仕込み、ロイに飲ませたのだ。クナを陥れるために。

それなら、今日起こった不可解な出来事——そのすべての辻褄《つじつま》が合う。

（この性悪女、そんな下らないことのために！）

ドルフは青い顔をして沈黙したままだ。そんなドルフの腕に、シャリーンは甘えるように抱きついている。

「何言ってるの？　それはこっちの台詞だわ」

「私がロイを殺すわけない！」

「どうかしらね。昔からあなた、あたしに嫉妬してたじゃない」

クナの息が止まる。

村長が止める声も聞かず、シャリーンはクナのすぐ傍にしゃがみ込んだ。

殺意のにじむ目で見上げるクナの顎《あご》を、シャリーンが指先で掴む。

クナがどんなに身をよじっても——顔を背けられないように。

「本当は、少しだけ同情しているのよ。確かにあたしは美しい。あなたは不細工で、愛想もない嫌われ者だわ。だからあたしの可愛いロイに毒を盛ろうと企んだのね」

（…………は？）

言葉の意味を理解して、クナは顔を真っ赤にした。

なんという侮辱。薬師に対して、これほどまでに屈辱的な言葉は他にないだろう。

「……嫉妬を募らせた私が、調合したポーションに毒を入れたと？」

「だから、そう言ってるじゃない」

「ふざけないで。あんたみたいな人間に嫉妬したことなんて一度もない」

店内にざわめきが広がる。クナの反抗的な態度を前に、村長の眉間《みけん》に深い皺《しわ》が寄っている。

シャリーンは改めて、空の薬瓶を堂々と掲げてみせた。

「この薬屋では、ドルフとクナそれぞれがポーションを作ってるわよね？　どちらが作ったものか分かるように、薬瓶の蓋の色を変えてる。ドルフが青、クナが黄色。そうよねドルフ？」

「あ……、あぁ」

「で、あたしがロイに飲ませたポーションの蓋は、ご覧の通り黄色かったわけだけど？」

クナはじっと薬瓶を見つめて、努めてゆっくりと言った。

「……薬瓶自体はこの薬屋で使ってるものだけど、そんなの証拠にはならない。珍しいものじゃないから、入手する方法はいくらでもある。調合室に忍び込んで、蓋を盗むことだってできる」

誰も言葉を発しない。

クナは歯噛《はが》みした。この場にいる誰もが、すでにクナを犯人と断定している。ロイの死を知り、クナが冷静さを欠いたのもひとつの原因だろう。しかし、そもそも――最初から、クナを犯人扱いすることは彼らの中で決まっていたのだ。

勝利を確信したのか。シャリーンの口元が、大きく笑みの形に歪《ゆが》む。

「……もういいわ、クナを連行して」

男たちがクナを無理やり立ち上がらせる。その間にもクナは必死に言い募った。

「村長、私は売り物に毒を入れたりしていません。薬師の端くれとして、絶対にそんなことはしません！」

村長が深い溜《た》め息《いき》を吐く。

結果的に死んだのは犬一匹。シャリーンは言い張っているが、実際は犯人だという確証もない。どう決着させたものか村長も悩んでいた。

悩んだ末に、答えを出す。

「クナを鞭打《むちう》ちの刑に処す。回数は十回とする」

「おじいさま」

シャリーンが両手を組んで、村長を潤んだ目で見つめる。

可愛い孫娘の心からの哀願だった。村長は沈黙のあと、訂正した。

「罪を認めるまで打ち続けろ」

「――――！」

クナは絶句する。その言葉は、無実のクナにとって死刑宣告に近かった。

「連れて行け」

二人の男に両脇を持ち上げられ、クナはずるずると引きずられていく。

抵抗しようにも力の差は歴然だ。クナは手足をばたつかせ、声の限りに叫んだ。

「兄さん、助けて！　私は何もやってない！」

首を振り、何度も叫ぶ。

確かにクナは魔法薬師として落ちこぼれだ。ドルフのようにうまくできない。薬屋の戦力にもなっていない。

それでも毎日、必死に薬草の世話や調合に励んできた。

地道な修練の日々を重ねてきた。私的な感情でポーションに毒を入れるなんて馬鹿な真似はしないと、ドルフなら分かってくれるはずだ。

「にいさ――」

そんなクナの思いを裏切るように、ドルフが目を逸《そ》らした。

まるでクナのことなど目に入らないかのように、背中を向ける。

そこに来てようやく、クナは悟った。

自分は――たったひとりの家族にさえ、見捨てられたのだ。

夕闇の中、クナが連れて行かれたのは、暗くじめじめとした洞窟《どうくつ》だった。

以前は食料の保存庫として使われていたという。洞窟の内部には風も通らず、どこか空気も薄いように感じる。クナも入るのは初めてだが、ゆっくりと観察する暇などあるはずもない。

奥には無骨な木格子が取りつけられていた。鍵《かぎ》がついているのは、貯蔵する食料を盗まれないためだろうか。

その中に入れられ、剝《む》きだしの土の上にクナは放られた。

それから地獄のような刑罰が始まった。

クナは縄で手足を拘束され、鞭《むち》打たれた。太い鞭で背中や腿《もも》の裏を叩《たた》かれるたびに皮膚が裂け、血がにじみ、クナは苦悶《くもん》の呻《うめ》き声を上げた。

丈夫さだけが取り柄の麻の服すら裂け、土に点々と赤い跡が散る。

逃げられないように、鞭打ちの間は、両手を繋《つな》ぐ縄は天井の梁《はり》に括りつけられていた。

鞭を打つにも体力が要る。ぐったりとしたクナが下ろされるときには、交代で鞭を持つ男も疲れ切っている。

年若い少女であるクナの身体は見るも無惨な有り様だった。男は顔を逸らしつつ、寝藁《ねわら》も敷いていない硬い地面にクナを横たえる。

「なぁ。このままだとこいつ、本当に死ぬんじゃないか？」

「けど、罪を認めるまで打ち続けろと言われてるだろ……」

「さっさと認めりゃあ、楽になるだろうにな」

クナはもうろうとした意識の中、そんな会話を何度か聞いた。

刑罰の間は、ほとんど食料も水も与えられなかった。

クナはときどき見張りの目を盗んで、地べたに少量の魔力水を出した。

直接それを啜《すす》る。与えられる水は腐っていたから、このほうがよっぽどましだったのだ。

一度だけ見られてしまったが、何も言われなかった。たぶん、小便を啜っているとでも思われたのだろう。

「いい加減、罪を認めたらどうなの？」

何度か、シャリーンらしき女に遠くから声を投げられた覚えもある。

クナは一度も言葉を返さなかった。汚い、くさい、と吐き捨ててシャリーンはすぐに出て行く。

そんなことが何度かあった。

何日目かも分からない夜のことだ。

クナは男たちにずるずると引きずられ、どこかへと連れて行かれた。

（まぶしい……）

閉じた目蓋《まぶた》の裏側まで、じくじくと痛むようだ。

それに、涼しい。そう感じて思い当たった。自分は洞窟の外に出されたのだと。

クナはうっすらと目を開けた。灰色の雲に、月は覆い隠されていた。手元すらよく見えない濃い暗闇の中でさえ、洞窟に閉じ込められていたクナにはまぶしかったのだ。

数日前に雨が降ったのか、鼻先に感じる春の空気は湿っていて、生ぬるい。

力なく土の上に座り込んだクナを、誰かが見下ろしている。

のろのろと見上げれば、ドルフと目が合った。

「無事だったか、クナ」

その声は優しげだった。クナの無事を確認して、ドルフは安堵《あんど》しているようだった。

一度は捨てたはずの期待が、クナの胸にむくむくと湧き上がる。

「私のこと、信じ、て……くれたの？」

クナの口端から漏れたのは、老婆のように嗄《しわが》れた声だった。そんなクナに、ドルフはあっさりと答えた。

「そりゃあ、お前がポーションに毒なんて入れるわけないからな」

「兄、さん……！」

思いがけないドルフの言葉に、クナの目の奥が熱くなる。

見捨てられたと思っていた。でも、ドルフはクナを信じてくれていた。方法は分からないが、どうにかして無実を証明し、洞窟からも出してくれたのだ。

言葉にできないほどの感動が、乾いた胸に広がっていく。

「ったく、本当に感謝してくれよ。俺がどれだけシャリーンに頭を下げて謝ったか」

だがドルフが口にしたのは、クナにとって信じられない言葉だった。

「…………謝っ、た？」

「まさかこんなことになるなんて……シャリーンも余計なことを……」

ぶつぶつと、肩を擦りながらドルフはまだ何か言っている。

それから、クナに咎《とが》めるような視線を投げつけた。

「クナ、お前もちゃんと謝って許しを乞《こ》え。そうすればシャリーンはお前を許すと言ってる」

クナには、ドルフが何を言っているのか理解できない。

「……どうして、やってない、こと、で……謝るの？」

「いい加減にしろよ！　やったかやってないかなんて、最初から関係ねぇんだから！」

頭ごなしに怒鳴られる。

「お前はただポーションだけ作ってりゃいいんだよ」

ドルフの怒鳴り声が鼓膜を貫くたび、クナは傷だらけの心にへばりつくように残っていた感情が、粉々に砕かれていくのを感じる。

四肢から力が抜けていく。口元にはぎこちない笑みが浮かんだ。

数年ぶりに表情筋を歪めて作りだした笑みは、冷え冷えとしていて、薄っぺらいものだった。

「……って、言ったじゃない」

「ああ？　なんだよ」

「私のこと、役立たずって何度も言った、よね。それなのにどうして――助けたの？」

冷たく底光りする橙色《だいだいいろ》の瞳《ひとみ》に、気圧されたようにドルフが一歩下がる。

「これなら、死んだほうがましだった。やってもいない、ことを、勝手に謝られるよりずっと……」

「――残念だわ、クナ。ちっとも反省してないみたいね」

クナの言葉を遮って現れたのは、シャリーンだった。

洞窟の裏手に隠れていたらしい。クナが希望を打ち砕かれるところを、こっそりと見物して楽しんでいたのだろう。言葉とは裏腹に、シャリーンの口元はにやにやと緩んでいる。

笑いながら、彼女は宣言する。

「決めた。クナを死の森に追放するわ」

ドルフや男たちが息を呑《の》む。

死の森。そう呼ばれる森が、アコ村の傍に広がっている。

凶暴な魔獣が住み着き、命を奪う毒草やきのこがそこかしこに生える森。

一度入れば、死は免れない場所。そこに、シャリーンはクナを追放すると言ったのだ。

「シャ、シャリーン。約束と違うじゃないか」

「……ドルフ。今さら情が湧いたの？」

ドルフの頬が歪む。

「そりゃあ……ばあさんからクナを世話しろって、頼まれたしな」

「あのおばあさんはとっくに死んだんだし、いいじゃない。あなたは妹から、いい加減解放されるべきだわ」

哀れむような目を向けられ、ドルフは口ごもったが、それでも控えめに口を開く。

「それなら死の森じゃなくて、テン街道のほうはどうだ？　それならまだ……」

「どちらにせよ同じよ。テン街道を使って森を迂回《うかい》しても、隣町まで歩いて半月はかかるのよ。でも死の森にはクナの大好きな毒がいっぱいあるじゃない」

飢死よりは毒で自死したほうが幸せだろうと、シャリーンは平然と言ってのける。

とうとう何も言えずに黙り込むドルフ。そんな兄を、クナは胡乱《うろん》げに見つめるだけだった。

――否。こんな男は、もはや兄ですらない。

(私が死んだほうが、あんたも嬉《うれ》しいだろうに)

なぜだか、中途半端にクナを救う気があるらしい。分かりやすく悪意のあるシャリーンよりも、ドルフのほうがよっぽど不気味だ。

それまで事の推移を見守っていた男のひとりが口にする。

「でも、村長が……」

「おじいさまにはあたしから話すわ。いいから早くして。クナを森に捨ててくるのよ」

二人の男が顔を見合わせ、躊躇《ためら》いがちに頷《うなず》き合った。

再び両脇に腕が差し入れられる。抵抗する気力も体力もなく、クナは乱暴に引きずられていく。

「さようならクナ。あなたが生き残れるよう、神に祈ってるわね」

心にもない祝福の言葉が、風に乗って消えていった。

◇　◇　◇

「……すみません。薬は、薬はいりませんか」

小さなアコ村の端から端まで、クナは何度も回り続けていた。

その手には手編みのかごがある。中には十本もの黄色蓋《ぶた》のポーションが詰まっている。

少女の細腕にはずっしりと重いそれを、クナは大切そうに持ち歩いては、住民を見つけて話しかけていた。

「すみません。薬はいりませんか？　どうか、買ってください」

マデリが亡くなり、薬屋はドルフとクナの二人きりで経営することになった。

ドルフはクナに、販売用のポーションを作るよう命じた。だから、悲しみに暮れている暇もなかった。

クナはそれまで、自分のポーションを売りに出したことはなかったけれど、マデリは太鼓判を押してくれていたから、ドルフの指示にも狼狽《うろた》えることはなかった。

だが、思っていた以上に現実は厳しいものだった。


『ドルフのポーションを飲んだら、すぐに主人の傷が治ったの』

『マデリのポーションにも匹敵するレベルなんじゃないか？』

『さすがドルフ。薬屋を継いだだけあるな』


ドルフが作った青蓋のポーションは、飛ぶように売れていく。

けれど、

『なんなのあれは！　まずいだけでなんの効果もないわ』

『あんなものに金を出せるわけないだろう。商品棚からどかしてくれ』

『兄弟子は優秀なのに、クナはポーションもまともに作れないのか』


クナが作った黄色蓋のポーションは、購入者から散々な評価を受けていた。

そんなはずはない。手順通りに作ったポーションだと、クナは怒るドルフに訴えた。

実際に調合したあと、味も見ている。傷もきちんと治る。不良品を店に出したりはしていない。

だが悪評はすぐに小さな村中に知れ渡り、黄色蓋のポーションは売れなくなっていく。

そんな現状を問題視したのだろう。ある日、ドルフはクナにこう告げた。

「自分が作ったポーションが全部売れるまで、戻ってくるなよ」

……だからクナは、なんとかポーションを買ってもらおうと、かごを手に歩いている。

通り沿いだけでなく、井戸端や木陰で話す主婦、農地の耕作に励む男、広場で遊ぶ子どもたちに、なりふり構わず声をかける。

「今朝作ったばかりのポーションです。お願いです、どうか買ってください」

だが、そんなふうに必死に売り込んでも、誰も見向きもしない。

ぐう、とお腹が鳴る。真っ赤になったクナは慌ててお腹を押さえるけれど、昨日から何も食べていないせいで腹の虫は鳴り続けてしまう。

何人もの笑い声が聞こえる。その中にはシャリーンの声も交じっている。

恥ずかしくて、みじめで、クナの細い身体は小刻みに震える。

そこに、隣の家に住む主婦が通りかかった。

クナは飛びつくように駆け寄った。

「どうか、どうかポーションを買ってください。お願いします」

「……仕方ないねぇ。いくらだい？」

クナはぱっと顔を輝かせた。ようやく、最初の一本が売れるかもしれない。

「さ、三百ニェカです！」

「はぁ？　それ、ぼったくりじゃないの？」

「……え？」

淡い期待に輝いていたクナの表情は、次の瞬間には凍りついていた。

「青蓋のポーションと同じ値段なのはおかしいでしょ。出せてもせいぜい百ニェカだよ。外れポーションを受け取ってやるんだ、むしろこっちがお金をもらいたいくらいさ」

侮蔑《ぶべつ》に満ちたその言葉に、クナの目の前が暗くなっていく。

マデリは確かに言ってくれた。クナの作るポーションは、薬屋に置いても恥ずかしくないものだと、そう褒めてくれた。

厳しい師に認められて、どれほど嬉しかったことか。

――でも今は、ひとりきりの今は、何が正しいのか分からない。

クナの目から、涙が流れていく。

「……ごめん、なさい」

謝罪を口にするクナを、主婦は煩わしげに、シャリーンは笑って眺めている。

追い詰められ、頭を垂れたクナの乾いた唇からは、自分を卑下する言葉だけがぽろぽろと流れ落ちていく。

「出来損ないのポーションを売りつけて、ごめんなさい。ごめんなさい。でもどうか買ってください。一本でも、いいから――」

◇　◇　◇

（…………夢）

目を開けると、伸びきった群草が目に入った。

村とは空気のにおいが違う。森の中だ。そう悟って、記憶を辿《たど》る。

クナは、自分の身に何があったかを思いだしていった。

冤罪《えんざい》を被り、鞭打《むちう》ちの処罰を受けて死の森へと追放された。

森に放られてからは、しばらく気を失っていたらしい。身体を起こそうとしたが、全身に走るひどい痛みで、それもままならない。

食いしばった歯の隙間から、クナは重い息をこぼす。

「……最近は、ほとんど思いだすこともなかったのに」

今も、自分は引きずっているのだろうか。いつまでも売れないポーションを胸に抱えて、堪えきれずに何度も泣いた日々を。

照りつけるような日差しが降り注ぐ真夏も、雪が積もり凍えるような真冬の日も、ドルフはクナを外に追いだしては、戻ってくるなと言いつけた。

そんな日々が毎日のように続く間に、クナの感情は少しずつ失われていった。最初に笑顔を失い、涙が涸《か》れて、喜怒哀楽を司る身体の中の何かが、次々と錆《さ》びついていった。

（ああ……私、死ぬのかなぁ）

ぼんやりと取り留めのない思考が、頭の中を漂う。

このままぼうっとしていたら、本当に死ぬだろう。餓死か、獣に喰《く》われるか、化膿《かのう》した傷が悪化するか――シャリーンが言ったように毒を飲むまでもなく、クナは命を失う。

まぁ、どうでもいいか、と思う。

全身は馬鹿みたいに痛むし、熱があるのか頭も重い。

そのとき、ふと、諦《あきら》めて閉じようとした目蓋《まぶた》の間に、その色が見えた。

なんとなくクナは、そちらに目だけを向けた。

目が合ったのは、橙色の小振りの花をちょこちょことつける多年草。まるで倒れ伏すクナを囲むように、ある花が大量に咲いていていた。

それを見たとたん、聞こえた気がした。

命の恩人であるマデリの声が。

『生きたいならこの手を取りな。死にたいなら死ぬまで転がってりゃいい』

薬師らしくなく、豪放な気性であったマデリ。

驚きながらも、おずおずと伸ばした震える手を、あの老婆は躊躇わずに取ってくれた。

『みすぼらしいガキんちょ、お前は今日からクナだ。クナの花が群生する中で見つけたからね』

不思議そうな顔をすれば、しわしわの顔を歪《ゆが》めて、にやりと笑って教えてくれた。

『ああ、知らないのかい。クナっていうのは、この橙《だいだい》色《いろ》の花の名さね。大してきれいじゃないって？　失礼だねぇ。アタシはこのしぶとくてしつこい花が、いっとう好きなんだよ。よくよく見れば、あんたの目の色によく似てる――』


「……死んで堪るか」

気がつけば、クナは呟《つぶや》いていた。

「こんなところで、死んで堪るか」

言い聞かせるように繰り返し、クナは目の前の草花を注視する。

暗闇にも慣れつつある視界。

めぼしい薬草を見つけては、クナはそれを口の中に放り込んでいく。

よく咀嚼《そしやく》する。苦くて吐きだしそうだ。慣れた味だけれど、感想はいつになっても変わらない。

ここに鍋《なべ》があればどんなに良かったか。そう思いながら、切り傷が走る片手で口元をきつく押さえて嚥下《えんか》する。

鳥や獣の糞尿《ふんにょう》がかかっているかもしれない。どうでもいい。今はそんなことどうでもいい。

ただ、こんなところで死ぬのだけは絶対にごめんだ。

「生きろ、生きろ、生きろ！」

気がつけば、目頭が爆発するように熱くなり、頬を涙が伝っていた。

涙を流すだけの体力が回復したらしい。自らのしぶとさを誇らしく思いながら、クナは濡《ぬ》れるばかりの目元を力任せに拭《ぬぐ》う。

………ぐる、と獣の唸《うな》り声が聞こえたのはそのときだった。

目を向ければ、赤い数十の光に見返される。涎《よだれ》を垂らした魔獣たちが、クナを取り囲んでいた。

そこらの村娘であれば、この時点で恐怖に駆られ、気の急くまま走りだしていただろう。

だがクナは余裕を崩さず、薬草を口に含みながら、ふんと鼻を鳴らす。

「魔獣ども。私の血のにおいに、引き寄せられてきたのか」

獲物を追い詰めるように、じりじりと包囲網は狭められていく。

その中心でゆっくりと身体を起こしたクナは、不敵に笑う。

「惜しかったたな。あと少し早ければ、大人しく喰われてやったのに」

シャリーンやドルフは知る由もないことだが。

クナは、およそ五歳の頃にマデリに拾われた。

――彼女が拾われたのは、死の森と呼ばれる森だ。

第二章　死の森

人の気配を察した小さな魚影が、あちらこちらに逃げていく。

さらさらと、沢を流れる透き通った水を、クナは両手で掬《すく》って口に運んでいた。

舌の上を滑っていく冷たさに、少しだけ身体が驚いたが、喉《のど》の奥へと流し込めばそれは清涼な恵みへと変わった。

「……おいしい」

夢中になり、何度も掬い上げては飲み干す。魔力水とはまったく違う味わい。砂漠では一滴の水を巡って争いが起きるというが、その理由も分かろうというものだ。

じゅうぶんに喉を湿らせたクナは、ぼろぼろの衣服と一緒に靴も脱いでしまう。

細かい砂を踏み、ひんやりとした水に全身を浸《つ》からせていく。

「あー、いたたた」

顔をしかめるが、傷口自体は残っていない。引きつれたような痛みの余韻が、背中を中心に残っているだけだ。

昨夜、クナはそこらに生えた薬草を食べ続けた。その数は百は下らないだろう。その甲斐《かい》あって、鞭打ちによって刻まれた傷のほとんどは治っていた。

寝ている間、熱冷ましの薬草を額に載《の》っけておいたので、熱もだいぶん下がってきている。

全身にこびりついた汗や垢《あか》、血を洗い流し、ついでに埃《ほこり》にまみれた顔や、脂ぎった髪の毛も丹念に洗っていくと、気分がすっきりとしてきた。

沢から上がったクナは、灌木《かんぼく》に干しておいた衣服を身につけていく。

上下がつながった衣は麻でできている。男性用のものだろう、クナにはぶかぶかだが、ぼろ切れのような服をまとっているよりはいい。

長く垂れる裾《すそ》をまくって、靴の中に仕舞い込む。肌が出ていると虫に刺される恐れがあるので、不用意に切り裂くよりはこのほうが安全だ。

一緒に拾った腰紐《こしひも》には、皮革の水筒をくくりつける。沢で汲《く》んだばかりの新鮮な水が、たぷたぷと揺れている。

アコ村では立ち入りが禁止されている死の森だが、森の向こう側では、迷い込んで命を落とす旅人や、腕試しに来る冒険者があとを絶たない。クナの身につけた衣類や水筒も、森の中で拾ったものだ。

傍に持ち主の姿はなかった。手を合わせ、クナはありがたく拝借することにした。

非情かもしれないが、これも生き延びるためだ。ここで躊躇《ためら》うようでは、彼らのように野垂れ死ぬだけである。

「よし、行こう」

気合いを入れるように口にして、クナは歩きだす。

目指すは、アコ村と死の森を挟んだ隣町――ウェスである。

アコ村を追放された以上、クナの行く先はウェス以外に考えられなかったのだ。

(もしかすると私は、ウェスの出身なのかもしれないし)

クナが覚えているのは、マデリと出会う数か月前からの記憶だけだ。

どうして自分が森にいたのかも、よく分からない。気がついた頃には森で生き、ひとりで暮らしていたからだ。

だが、マデリと出会ったときのクナは、それまで使ったこともない人の言葉を理解することができた。アコ村に連れて行かれてからの数日間で、拙いながら少しずつ喋《しゃべ》れるようにもなっていった。

おそらくクナの両親は旅人か冒険者で、森で死んでしまったのだろう。その程度にしか考えたことはない。顔も覚えていない両親を恋しがる時間はなかったからだ。

ただ飯食らいは家に置けないからと、マデリはクナに文字の読み書き、薬草や植物、調合の知識を片っ端から叩《たた》き込《こ》んでいった。

死の森にて肌で体感したこと、マデリに教わったことは、すべてクナの血肉となった。さながら、乾いた白い紙がインクを吸収していくように、クナは知識を得ては自らの武器にしていったのだ。

春の森は、爽《さわ》やかな緑色に色づいている。

しかし中心に向かうにつれ、森は濃く、暗い色になっていく。高い木々がたっぷりと枝葉を茂らせており、ほとんど日の光が差さないためだ。

「私が暮らしてた頃とは、まったく景色も違うな」

クナは獣の足跡がないか確認しながら、道とも呼べない道を進む。

死の森では落石もあれば、地盤沈下もある。この森は一定の時間が経《た》つとゆるりと地形を変えるという説も唱えられているという。

森の面積自体もどんどん広がっているると、村長が話しているのを聞いたことがある。この森はきっと、人の理《ことわり》を超えたものなのだとクナは思っている。

「あっ、サフロの実！」

珍しく、クナは弾んだ声を上げた。

見上げるほど高い一本の大木の枝に、大きな赤い実がいくつも生っている。

水分をたっぷりと含み、砂糖のように甘く、栄養が豊富な実である。森で生きていた頃のクナの大好物だ。果肉は風邪薬の調合材料に、溜《た》め込まれた甘い果汁は薬の味つけとしても使われる。

手頃な石を拾い上げたクナは、それを真上に向かって投げた。

石は狙い澄ました枝にがつんと当たり、落ちてきた丸々とした実をクナは両腕で受け止めた。

狙ったのは、皮に茶色い斑点《はんてん》が出ているもの。この斑点があると、甘みがあってさらに濃厚だ。

沢の水で実の表面を洗う。顔の半分ほどもある実に、小さな口をめいっぱい開けて、クナはかぶりついた。

むわりとした甘みが口内にあふれて、クナは口角を緩める。

「んー、おいしい！」

甘いものなど、ここ数年はほとんど口に入れていない。クナはサフロの実をうっとりと堪能した。

――ここは、強力な魔獣が数え切れないほど住む森。

踏み込めば二度と出られない。悪戯をする子どもを、アコ村に住む大人たちは「悪いことをしたら、森に置き去りにするぞ」と脅しつける。

だがそれは裏返せば、踏み入ったりしなければ、ほとんど害はないということだ。

(死の森、なんて大仰に呼ばれてはいるけど)

魔獣だって馬鹿ではない。群れを成す人間に手を出せば、討伐隊や騎士団がやって来て駆逐されると理解している。

「ばあちゃんは、貴重な薬草の宝庫だからって入り浸ってたけどね」

口端に垂れる果汁を舌で舐《な》め取り、クナは呟く。

それはこの森で拾われたクナと、マデリだけの秘密である。

◇◇◇

じいいっと、物欲しげな目をしてクナは頭上を見上げていた。

サフロの実を、あっという間に二つ平らげた直後である。

日持ちがしない実だ。しかも大きい。気候は穏やかなのですぐに腐りはしないだろうが、ポケットに入れて持ち歩けるのはせいぜい二つ。欲張れば手が塞《ふさ》がってしまうが、それを差し引いても数は確保しておきたい。

「……って、待てよ。これだけ大きなサフロの木があるってことは……」

はっと気がついたクナは、木の後ろに回り込んだ。

小刀を手の中で持ち替える。衣服と一緒に落ちていたものだ。刃先が欠けているが、まだ使える。

柄尻《えじり》を使い、木の根元を軽く掘ってみる。土を被って出てきたものに、クナは目を輝かせた。

「やっぱりキバナ」

太い根から直接生えた、茶色い花。ちょうど手のひらに載るくらいの大きさだ。

地中で咲く珍しいこの花は、サフロの花というわけではなく、キバナという別種の植物である。

キバナは地面ではなく、サフロの木の根っこに直接生える茎も葉もない花だ。そうしてサフロの養分の一部を吸い取るのだ。

しかしキバナは甘い蜜《みつ》を吸うだけではない。

サフロの実は甘く、虫害に遭いやすい。それを防ぐのがキバナで、虫がいやがる独特の臭気を発して追い払う。

お互いに助け合う関係――これを共生と呼ぶのだと、マデリがクナに教えてくれた。

キバナをぎゅっと絞って出てくる液を、クナは首や腕に塗りたくった。強力な虫除けになるのだ。

それだけでも利点だが、クナはもうひとつの役割についても思いを巡らせる。

「いくつか、持っていきたいな」

キバナは中級ポーションの材料になるのだ。

何度か、マデリが森から持ち帰ったキバナを見せてくれたことがある。瑞々《みずみず》しいサフロに寄生するキバナは、アコ村ではまったく手に入らなかった。せっかくの機会を逃したくはない。

というのもウェスに辿《たど》り着《つ》けたとして、手に職がなければ生きていけない。

クナにできるのは薬作りだけだ。一生懸命に作ったポーションは外れと蔑《さげす》まれてきたが、それでも魔法薬師であるクナにできるのはそれだけである。

貴重な薬草類を採取しておけば、今後も必ず役立つはずだ。

それに――、と再び頭上を見上げる。

やっぱりおいしいサフロの実も、いくつか確保しておきたい。

ならば、必要なものは。

「……そうだ、かごを作ればいいんだ」

ぽつりとクナは呟《つぶや》く。

今までクナは肩身の狭い生活を送ってきた。試したいこと、やりたいことがあっても、ドルフが否と言えばそれに大人しく従っていた。

でも、今は違う。

(追いだされたからには、好き勝手に生きてやる)

これからは、誰の許しを得るでもなく自分の思う通りに動いていいのだ。

クナはさっそく行動に移すことにした。

かごを作ろうにも、無防備に姿を晒《さら》して作業はできない。凶悪な魔獣は夜行性のものが多いが、だからといって警戒心を捨て去るのは愚かというものだろう。

まずは、腰を据えて作業できる場を確保せねばならなかった。

近くに木のうろを発見したクナは、そこに潜り込んでかご作りに励んでいた。

こうした木のうろは、小型の魔獣たちの住処や隠れ場所になっている場合があるので、念入りに足跡とにおいを確認しておいた。住み着いていた先住虫の多くは、クナから漂うキバナの香りを前に散っている。

大きなうろではないが、小柄で身軽なクナなら入り込める。

暗い樹洞を照らしだす光源は、光る実である。枝から切り離しても、一日くらいは淡い光を発する。

かごの材料としてクナが選んだのは、蔓性《つるせい》の植物であるケンだ。ざるやかごを編むのにもよく使われる植物である。

まず何十本か、蔓を採集する。これには小刀が役立ってくれた。

取ってきたケンは、それぞれ長さを整えてから水で湿らせる。曲げて加工する際に、ばきりと折れてしまわないように、乾いたらそのつど、水を含ませるようにする。

ケンの繊維は丈夫で硬いが、小刀で切れ目さえ入れれば手の力だけで縦に裂ける。細く裂いたあとは、繋《つな》ぎ合わせて編み込み、かごを形作っていく。

底部を固定する糊《のり》には、昨夜も魔獣相手に活躍したクナの花を使う。

冬の内職で何度か作ったことがあるので、かご作りは順調に進んだ。形ができあがったあとは、背負い紐《ひも》としてケンの蔓を垂らせば完成だ。

かごを押しだすようにして木のうろから這《は》い出たクナは、できあがったばかりのそれをよいしょと背負ってみる。

「うん、いい感じ」

大きさもちょうどよく、クナの背にしっくりとなじむ。

さっそくサフロの実を六つと、キバナ、摘んでおいた薬草などをその中にぽいぽいと入れておく。

そのときである。

「っ」

どこからか視線を感じ、クナは眉《まゆ》を上げる。

顔の角度は変えないまま、眼球だけを素早く動かして何者かの姿を探る。そんなクナの視界の端っこに、その姿が映り込んだ。

(白銀の狼……)

クナの倍以上はある大きな体躯《たいく》。

未踏の雪のように美しい毛並みをした狼が、小高い木々の間にひっそりと立っていた。

緑の中にある白い姿は、調和から外れていて、異様ですらある。額にじっとりと汗をかきながら、クナは視線を動かした。

稲穂じみた黄金色の瞳《ひとみ》と目が合う。とたん、その目は静かに細められていった。

獣のものとは思えない、理知的な眼差し。昨夜出会《でくわ》した魔獣とはまったく似つかないそれに、クナは眉根《まゆね》を寄せる。

襲いかかられれば一溜まりもない。

だがクナは、その可能性はないと直感していた。相手にそのつもりがあるなら、クナの喉笛《のどぶえ》はとっくに噛み切られているからだ。

（こいつ、魔獣じゃない？）

どこか理を超越したような輝きに、圧倒される。

（私を、観察してるのか）

狼は、ただクナのことを見つめている。

推し量るように。何かを試すように。発される言葉はないから、すべてはクナの思い違いかもしれないが。

やがて狼は、くるりと踵《きびす》を返した。

とたんに緊張感から解放されるクナだったが、その直後に狼は振り返り、こちらを見やる。

（これは……ついてこいってこと？）

迷ったのは数秒だった。

正常な判断とは言い難いかもしれない。しかしそのときのクナは、その美しい生き物がどこにクナを連れて行こうとしているのか気になったのだ。

クナはかごを揺すりあげると、狼を追って森の中を歩きだした。

狼の導くままに、クナは歩き続けた。

その途中、何度か空腹を覚えたクナはサフロの実をかじった。そのたびに律儀にも狼は立ち止まっていたが、クナが試しにかごの中の実を差しだしてみても、食べようとはしなかった。

延々と歩を進めて、クナが疲れてきた頃である。ようやく狼が立ち止まった。

クナは木々の間から、狼の見つめるほうを眺めた。

「……ん？」

そこに、灌木《かんぼく》に寄りかかる男の姿があった。

否、寄りかかっているのではない。木にもたれかかって気絶している。

警戒しながらクナは、遠目に観察する。

血に汚れてよく分からないが、どうやら若い男のようだ。

切り裂かれた上衣には、なめし革でできた鎧《よろい》とマントが引っ掛かっている。

帯に吊《つ》り下《さ》げているのは小袋と水筒。切らしたのか落としたのか、回復薬の類いは見当たらない。

膝下《ひざした》までを覆う革のブーツは、それなりに高級品に見える。腰には長剣を差している。アコ村にはひとりもいなかった、魔獣狩りで生計を立てる冒険者というやつだろうとクナは当たりをつけた。

魔獣に襲われたのだろう。左目から顎《あご》にかけて、そして肩から腹部にかけてぱっくりと皮膚が裂け、傷が広がっている。

流れ出た夥《おびただ》しい量の血を吸って、一帯の土が変色しているほどだ。ここまで血のにおいを漂わせながら、魔獣に追撃されなかったのは奇跡的だろう。

そんな無残な姿を眺めて——、

「馬鹿だね、この人」

そう、淡々とクナは評する。

何か事情があったのかは知らないが、踏み込めば命はないとされる森に踏み込んだ男だ。

なんにせよ、放っておくに限る。無償で人を助けるほど、クナは甘くはない。

そうして男から視線を外そうとするクナの服の裾《すそ》を、何かが引っ張った。

「ん？」

顔を向けると、狼がクナの服に千切らない程度の力で噛《か》みついていた。

物言わぬ獣ではあるが、何やら物言いたげに見上げてくる。近くにいると、出会った当初に感じた超常的な輝きのようなものは薄らいでいる。

「……私に助けろって？」

狼は目だけを動かし、クナと男とを交互に見やる。

「この男、あんたのご主人様だったりする？」

無論、答えはない。でもなんとなく、否定の気配だけが察せられた。

溜《た》め息《いき》を吐いたクナは、がしがしと頭をかいた。足音を立てないようにして、男の近くに寄っていく。

口元に手のひらを当てるが、呼吸の音は虫の羽音よりも小さい。

しかも首に触れてみたところ、体温がかなり低い。一度に大量の血を失ったせいだろう。

数百本の薬草を目の前に積み上げたところで、食む前に力尽きると思われた。そもそもこの男に、薬草を飲み込むだけの体力はないだろうが……。

（ポーションが作れれば）

こういうときに重宝されるのがポーションなのだが、この場に調合釜《がま》はない。

どうしたものかと思案していると、変な物音が聞こえてきた。見れば狼が鼻先で、ちょんちょんと何かを突《つつ》いて押している。

カランと金属質な音が響く。クナはそれを拾い上げてみた。

狼が運んできたのは、夜営用に使うものだろう、携帯用の小型の鍋《なべ》だ。どこか高いところから落下したのか、鍋の底面が凹んでいるが、使えないということはない。

ようやく、狼がここにクナを連れてきた理由が分かった気がした。

「……なるほどね。薬師にはおあつらえ向きだ」

ふっ、とクナは薄く笑う。

男への同情は微塵《みじん》もない。

だが、こちらを試すように見つめる狼の挑戦を、受けようと思ったのだ。

クナは倒れる男の近くに竈を作っていた。

森の中には、ときどき強い風が吹く。火を安定させるためにも、まずは竈がないと話にならない。

竈作りも、森での生活で慣れたものだ。手頃な石を集めてきたクナは、平らな地面にそれを積み上げていく。火の通り道となる縦穴と、薪をくべるための横穴を作れば、すぐに竈はできあがった。

（いつもみたいに、自分で炎魔法を維持してもいいんだけど）

そうしなかったのは、ポーションに魔力を注ぎ込むことに集中したかったからだ。いつもと異なり、クナがこれから作るのは初級ポーションではない。

火種に使うのは靴の中のごみと、乾いた小枝だ。

炎魔法で発火させると、火種は勢いよく燃え上がっていく。太い枝に火を移しながら、竈の上に鍋を設置した。

鍋の中には、砕いた薬草とキバナが入れてある。

初級ポーションも中級ポーションも、必ず材料に必要とされるのが、魔法薬師の間で基三草《きさんそう》と呼ばれる三種の薬草である。

スガ、ケト、ヨヅは、子どもでも知っている薬草で、寒冷地でなければどこでも生える、生命力の強い薬草だ。薬草、と一言で言う場合は、この三草を指すことが多い。

調合の難易度は上がるが、クナは基三草すべてを使うことにした。少しでも回復力を上げたかったためである。

乳鉢の代わりに鍋、乳棒の代わりには大ぶりな枝を使う。枝は表皮を剥《は》ぎ取り、魔力水でしっかりと洗ったので、衛生的にはぎりぎり許容範囲内だろう。

水魔法で魔力水をどばどばと注いでいく。

木べら代わりに使うのも、やはりそこらへんに落ちていた太い枝だ。

……以下略。森の中での即席ポーション作りでは、いろいろ限界があるのだ。

（ぐるぐるーっと）

木べら――ならぬ木の枝で中身をかき混ぜながら、魔力を注ぎ込んでいく。燃料となる枝を足して、火の大きさを調節するのも忘れない。

その間、狼は男の傍らに座り、じっとクナを見つめていた。

――そして。

「……できた、中級ポーション」

ふぅ、とクナは汗ばんだ額を腕で拭《ぬぐ》う。

レシピはマデリに聞いて知っていたが、自分で作ってみるのは初めてのことだ。

ポーション液の粗熱をとってから、味見してみる。

粘性の液。薬草とキバナが混じっているので、色は緑ではなく、深みのある青藍色《せいらんしょく》だ。

いつものポーションと味が違うのは、キバナが入っているのと、味つけにサフロの実から絞りだした果汁を使ったからだ。苦いと、男が飲み込むのをいやがるかもしれないと考えたのだった。

「あー、甘……」

それだけではない。草むらで切ってこしらえた手首の傷が、あっという間に塞《ふさ》がる。

傷の治り具合を確かめていたクナは、小首を傾《かし》げる。

「……成功、っぽい？」

はぁ、と息を吐く。

いつも調合する初級ポーションさえ外れと呼ばれ、蔑《さげす》まれてきたクナだ。それよりも難易度の高い中級ポーションの調合が、成功するとは思っていなかった。

だが喜びよりも不安が勝るのは、男の傷の具合からして、中級ポーション程度では回復が追いつかない気がしたからだ。

「でも、今はこれが限界か」

どちらにせよ上級ポーションの材料はないし、クナの腕ではそもそも作れない可能性が高い。

薬瓶がないので、クナは男の水筒を借りてくる。逆さまにして中身を捨てると、鍋つかみ代わりの布きれを両手にまとって鍋を持ち上げ、できたばかりのポーション液をなみなみと注いだ。

そうして、男の傍に寄っていく。灌木にもたれかかっているおかげで飲ませやすい。これなら窒息の心配はないだろう。

男の口を力尽くで開き、クナはポーション液を流し込んだ。

「はい、飲んで」

聞こえていないだろうが一応呼びかけて、有無を言わせず飲ませていく。

がぼぼっ、とやや変な音も聞こえたが、喉《のど》の動きを見ればちゃんと嚥下《えんか》できているようだ。

（よしよし、順調）

回復量に不安があったので、作った分はすべて飲ませることにする。

鍋が空になった頃には、目は開かないものの男の呼吸はだいぶ穏やかになっていた。

大きな傷はさすがに治らないだろうから、傷口には塗り薬を使うつもりだった。

幸い森の中は、薬の材料であふれている。ポーションで底上げされた本人の回復力も合わされば、あるいは生き残る道が見えてくるかもしれない。

しかし男を見下ろしていたクナは、驚いて目を見開いた。

「って……傷、塞がってる?」

慌てて服をめくって確認するが……やはり男の顔の傷、肩から腹部に広がっていたはずの傷が、跡形もなく消えている。

(調合がそれだけうまくいったってこと?)

予想外だが、治ったなら万々歳だ。

クナはおもむろに、男の身体に引っ掛かっているマントを剥ぎ取った。

……振り向くと、狼から、やや責めるような視線を感じる。ぶんぶん、とクナは頭を振る。

「追い剥ぎとかじゃないから。これは手拭《てぬぐ》いとして使うの」

言い訳しつつ、クナは破いたマントを沢で濡《ぬ》らし、雑巾《ぞうきん》のようにぎゅっと絞った。

すぐ戻ってきて、男の汚れた顔と身体を拭ってやる。あらかた血を拭《ふ》き取るとようやく、それがずいぶんと見目の整った若い男だと気がついた。

金に近い、茶色の髪の毛。

凛々《りり》しく太い眉《まゆ》。整った鼻筋に、薄い唇。瞳の色こそ分からないものの、とんでもない美丈夫だ。がっしりとした筋肉質な身体からは、よく鍛えていることが窺《うかが》える。まっすぐ立っていれば、背はクナが見上げて首を痛めるほど高いだろう。

（年は、兄さんより少し若いくらい？）

ドルフの不遜《ふそん》な顔つきを思いだすと、クナの手には力が入ってしまう。

青年が顔をしかめた。強く拭きすぎたらしい。あ、ごめん、と小さく謝るクナである。

（そうだ。火を消す前に、ついでに汁物でも作れば良かったな）

もちろん、クナが自分で飲む用のものだ。サフロの実は美味だが、そろそろ温かい食事が恋しくなってきていた。

せっかく鍋が手に入ったのだ。明日こそ絶対に料理をしよう、とクナは心に決めた。無論、拾った鍋はとっくに自分のものだとクナは認識していた。

血で汚れたマントの切れ端を何度も洗いながら、青年の身体を隅々まで拭い終えると、脱がしていた衣服を着せ直す。作業の間、クナには一切の照れも躊躇《ちゅうちょ》もなかったが、彼に意識がなかったのは、ある種の幸運だったといえよう。

（導尿は……いいか）

ポーションを大量に飲ませたので、排尿については心配だったが、これなら近いうちに目を覚ますだろうとクナは気にしないことにした。これも、青年にとっては不幸中の幸いである。

いつの間にか、手元が暗くなっている。空を見上げれば、完全に日が落ちていた。

集中していて時間感覚が失われていたらしい。一夜の宿を見つけなければ危険な時間帯だが、全身を色濃い疲労感が覆っていて、すぐに動きだす気にはなれなかった。

すると、待っていたかのように狼が寄ってきて、四つ足を折りたたんでしゃがみ込む。

男を乗せろ、と言っているようだ。クナは、どうにかして青年の両脇に腕を入れて持ち上げると、狼の身体に乗せた。

はみだした長い足をずりずりと引きずりつつ、狼は歩いていく。向かう先に目を凝らせば、小さな洞窟《どうくつ》があった。

「……あやかるか」

クナの決断は早かった。

クナは空っぽになった自分と青年の水筒に、沢で水を汲《く》んだ。

牛歩じみた速度で進む狼には、すぐに追いついた。狼は、生き物の気配がない洞窟の奥まで進むと、四《よ》つん這《ば》いになり、自分の背の上からころんと転がすように青年を地面に横たえた。

クナはその傍らに水筒を置いたが、休める場所だと思うと力が抜けてしまい、遅れてその場にしゃがみ込んだ。

洞窟内に留《とど》まっている狼に向かって、静かに囁《ささや》く。

「ありがとうね」

お礼を言うクナを、狼が見つめる。

今晩の宿を見つけてくれた礼だけではない。それはクナの、心からの感謝の言葉だった。

困っている人がいたら助ける。

そんな当たり前のことを――薬師として当然のことを、クナはすっかり忘れきっていたのだから。

「私、もう少しで薬師じゃなくなるところだった」

誰にも必要とされないクナ。

けれど、自分にかまけて目の前で苦しむ人を放っておくなら、それこそもう薬師とは呼べない。

「あんたのおかげで大事なことが思いだせたよ」

くるる、と狼が柔らかく喉の奥を鳴らした。クナに応えたようだった。

「でもただ働きは勘弁。どうやってこの人から報酬もらおうかな」

はあぁ、と残念がって溜め息をこぼすクナを、狼は呆《あき》れるような目で眺めていた。

◇　◇　◇

翌朝。

クナは寝ぼけ眼をこすりながら、身体を起こした。

洞窟の入り口から、明るい日の光に照らされた新緑の景色が見える。しかしクナに覚醒《かくせい》を促したのは、頭上の隙間から漏れる一筋の陽光だった。

洞窟内には寝返りも打たないまま、仰向けの青年が寝ている。その隣では狼が丸くなっていたが、クナに気がつくとちろりと片目を開けていた。

クナは大口で欠伸を漏らす。

「……ふわぁ」

森で迎える、二度目の朝である。

昨夜、疲れる身体を酷使して、大量の木の葉を運び込んで作った寝床は、意外と柔らかく寝心地が良かった。

クナは鬼ではないので、青年にも同じようにしてやった。身体が大きい分、クナが使ったよりたくさんの草葉が必要だった。

その甲斐《かい》あってか、青年の寝顔は昨夜見たよりもいくぶんか穏やかに見える。傷は問題ないが、疲労からかまだ目を覚まさない。

腹をぽりぽりとかきながら、クナは洞窟を出て行く。

洞窟の入り口には、ぴんと張った蔓《つる》が張り巡らされている。引っ掛かると、頭上から岩が連動して降ってくるようにした。単純な魔獣用の罠《わな》だが、仕掛けが発動した形跡はなかった。

近くの沢でじゃばじゃばと顔を洗い、目やにと眠気を取る。

顔を拭く手拭い代わりの布は、青年の着ていたマントの切れ端だ。治療代としては不足も不足なので、気にせず有効活用するクナだった。

朝食にはサフロの実を二つ丸かじりする。六つ持ち運んでいたサフロの実は、歩き通しだった昨日の昼と、夜のうちにひとつずつ平らげた。

残ったひとつは、眠る青年の傍に置いておく。暗く冷たい洞窟内であれば、腐らずに持つだろう。

「そろそろ出発するか」

夜は多くの魔獣が活発になる時間帯だから、身動きが取れない。

朝昼の間に距離を稼ぎ、なるべく早く森を抜けたい。特に昨日は青年の世話で時間が潰《つぶ》れている。

（こいつが目を覚ますまで待つ義理はないしな）

怪我は治した。飲み水を補給し、食料も分けてやった。薬師であるクナにできるのはここまでだ。

（あとは自分でなんとかして）

装備からして物見遊山の若者ではないようだし、自力で森を出られるだろう。

かごを背負い、立ち上がったクナの足元に狼が寄ってくる。

「一緒に来るの？」

てっきり男についていくのかと思っていた。

クナを見上げる金色の目は揺らがない。すでに決意を固めているようだ。

「じゃあ、行こうか」

その場から離れるクナは、背後で小さな呻《うめ》き声が上がったのには気がつかなかった。


洞窟を出てから、狼の動きは活発だった。

たったと軽快に森の中を駆け抜けては、クナをちらりと振り返る。人間の少女であるクナにも、なるべく歩きやすい道を選んでいるようだ。

その先にまた瀕死《ひんし》の人間が待ち受けているのではないか、と何度か疑いを抱いたクナだったが、大人しくついていくことにしたのは、他の獣とは違うものを狼に感じていたからだ。

間もなく、驚くべきことが起こった。

立ち止まった狼が、くいと鼻先で示す先に――倒木にぽこぽこと生えるきのこの群生地が広がっていたのだ。

クナは顔を輝かせた。鼻の穴を膨らませて、めいっぱいに香りを吸い込む。

「……いい香り。コグタケとトゲタケの密集地だ」

コグタケは張りだした茶色い笠《かさ》が船の形に似ていることから、そう呼ばれる。

トゲタケは全身が白く、茎にはちょこちょこと棘《とげ》のような突起がある。この棘も、落とさずとも問題なく食べられる。むしろ栄養が詰まった部分だといえる。

どちらも食用に適したきのこだ。笠の裏を確認するが、土や泥も跳ねていなかった。

ほくほく顔のクナは、膝《ひざ》を折って倒木の前にしゃがみ込むと、次々ときのこをもぎ取っていく。大量のきのこが生えているので、いくつ獲っても減っている感じはしない。

食用のきのこと、毒のあるきのこの判別は難しい。だがクナはあらゆる薬草やきのこに精通している。その中には死の森で実際に触り、嗅《か》ぎ、舌先で舐《な》め、口に入れた素材がいくつもある。中には毒きのこや毒のある草もあった。身体で覚えたことは、知識としても素早く、確実に定着していったのだ。

「今日はきのこ鍋《なべ》にしよう」

ぐふふ、とクナはほくそ笑みながら、かごにきのこを入れていく。携帯鍋も入ったかごはずっしりと重くなっていくが、夕食のことを思えばなんでも耐えられそうだ。

ご機嫌のクナは、倒木のにおいをしきりに嗅いでいる狼に話しかけてみる。

「あんた、きのこなら食べるの？」

出会って以降、一度もこの獣が何かを食べたり飲んだりするところを見ていない。サフロの実にも見向きもしなかった。

（生物なんだから、食べ物の摂取は必要不可欠だと思うんだけど）

もう一度、話しかけようとしたときだ。

――ぴん、と狼の二つの耳が立ったのを見て、クナは口を閉ざした。

ただし呼吸の速度や深さは変えず、中腰の姿勢のまま、耳元に意識を集中させる。

びゅうと吹く風の音、枝がゆすられる音、沢のせせらぎの音……それらに紛れて。

（魔獣……）

のし、のし、と大きな足音が、クナたちに近づいてきていた。

のっそりとした足音と共に、木陰から現れたのは魔猪《まじし》の頭だった。魔獣独特のいやな臭気を放ちながら、ぶるる、と大きな鼻を鳴らしている。

赤い目は、クナを獲物と定めて細められている。大きな口から鋭い牙《きば》が覗《のぞ》くが、クナは恐れず、静かに対峙《たいじ》したまま魔猪を観察する。

（毛並みと牙の大きさからして、若い雄だな。春は繁殖期だから殺気立ってる）

魔獣――野生の獣の中で、限られた個体だけがそう呼ばれる凶暴な生き物へと変貌《へんぼう》してしまうことがある。

魔獣は人や、自身が属していた群れの仲間さえ襲う。魔獣同士で群れを作ることはあるが、子を産むことはない。

魔獣化していない野生の猪ならば、人が動かなければ姿を消すが、魔獣ではそうはいかない。

傍らの狼が庇《かば》うように前に出ようとしたが、クナは囁いた。

「大丈夫。私がなんとかするから」

ぴたりと足を止めた狼がクナを見上げてくる。そんなのは無理だと言いたげに。

確かに巨大な魔獣に、クナが敵う道理はない。強い魔法も使えない小娘では、蹄《ひづめ》で蹴《け》られるか、牙で刺されれば人生の終焉《しゅうえん》を迎えることとなる。

だがクナには知識がある。死の森で生き抜いてきた日々がある。相手が群れなら逃げの一手だが、たった一頭の魔獣にやられるつもりはさらさらない。

クナは重いかごを背負ったまま、魔猪から目を逸《そ》らさず一歩後ろに下がる。

そうしながら、服のポケットにそっと手を忍ばせる。その動きに魔猪が浮き足立つ。後ろ足で地面を軽く蹴っている。クナは怯《ひる》まずに、じりじりと後ろに下がり続ける。

歩いてきた道の地形は把握している。このあたりは土がよく乾いているから、ぬかるみに足を取られる心配はない。コグタケとトゲタケの好む気候でもあるのだ。

狼もクナに付き合うように、頭を伏せつつ後ろに下がっていく。

やはり賢い獣だ。クナの言動を理解している。後ろ手に当たった木肌に触れながら、クナはそんなふうに思う。

次の瞬間、クナは木の幹に拳《こぶし》を叩《たた》きつけた。

じん、とした痺《しび》れが手首から、肘《ひじ》まで伝わるよりも早く、魔獣の目が、かっと大きく見開かれた。

『グウウッ』

咆哮《ほうこう》じみた吠《ほ》え声を上げ、魔猪が突進してくる。

背筋を這《は》い上がるような死の恐怖が、クナの眉間《みけん》を冷たく貫いた。

しかし、クナは冷静さを失わずに、激突の寸前に身を翻して地面を転がった。魔猪が勢いよく、クナが叩いたばかりの木にぶつかった。

大きな衝撃が地面を揺らす。慌てふためいて鳥が飛び去っていく羽ばたきの音が遠くから響き、枝や葉っぱが魔猪の巨体へと降りかかった。

魔猪は何度かふらついてから、再びクナに狙いを定める。魔獣特有の赤い目には、強い怒りがにじんでいる。

その間にもクナは身体を起こし、また別方向の木の下に逃げていた。挑発するように、また木肌を叩く仕草めがけて魔猪が向かってくる。これをまたクナは避け、ずどん！　とした振動のあとには、ばらばらと落ちた小枝や木の葉が宙を舞う。

追いかけっこを五回ほど繰り返したときだ。

クナは立ち止まった。遅れずついてきていた狼が、何事かというように見上げてくるが。

そこでクナはぱんぱん、と手を叩いてみせる。——すっかり橙《だいだいいろ》色に染まった手を。

「はい、できあがりっと」

『ウウウウッ……』

地響きのような唸《うな》り声を上げる魔猪。

びりびりと大地が、木々が震えるが、クナはほくそ笑むだけだ。

その二秒後に、魔猪の巨体がずしんと横に倒れた。

――クナの花はしぶとく、しつこい花。

シャリーンによって死の森に追放された夜も、クナが無事に生き残ったのは、この橙色の花の特性をよく知っていたからだ。

あの夜、牙を持つ魔狼の群れはクナを襲おうとした。だからクナは、その場から一歩も動かずに朝を迎えた。

もしも焦り、恐怖に陥り、一歩でもクナの花畑から足を出していたなら――今頃は肉片も残らず、魔狼の胃の中に収まっていただろう。

根気比べの結果、あの日のクナは粘り勝ったというわけだ。そして今日は完勝である。

「クナには猛毒があるんだよ」

人にも獣にも効く毒だ。

クナの花粉を吸い込むと、まずは手足が痺れて、いずれ全身が動かなくなる。

魔猪は猪突猛進な魔獣だ。一度、頭に血が上ると直線上にしか走れない。クナはその特性を利用して、先々の木に花粉をこすりつけながら幹を叩き、魔猪を何度もその場所に誘導した。魔猪がぶつかって辺りに散った花粉は、荒々しく息をする大きな鼻へと吸い込まれていったのだ。

大量の花粉を吸い込んだ魔猪にはまだ意識があるが、起き上がることは叶わず、わずかに足の先を動かすだけだ。

小さな花のどこに毒があるのかというと、橙色の花弁ではなく、おしべの先端についたやくの中……つまり花粉そのものが毒となる。

だからクナは、摘んできたクナの花を懐にいくつか忍ばせているのだった。

魔獣用の武器として、クナの花が重宝されていない理由は単純である。クナの花に毒があることは、一般的にはあまり知られていないのだ。ふつうの花とは受粉方法が異なるのか、やくが固く、先ほどのように拳を打ちつけでもしないと破れない。

クナの花は山奥に咲くが、摘み取れば一日と持たずに枯れる。大して美しい花でもないからか、家に持ち帰る人も少ないようだ。

――知る人ぞ知る、猛毒の花。

間違っても少女につける名前ではないが、クナは自分の名前を気に入っている。

「あんたには効かないみたいだね。やっぱりふつうの生き物でも、魔獣でもないのか」

いけしゃあしゃあと言ってのけるクナに、狼はしかめ面をしている。ちなみにクナが平然としているのは、幼い頃に花粉を喰らった経験があり、耐性があるからだ。

……これは余談だが、マデリに拾われたとき、クナはこの花の花粉で痺れて動けなくなっていたのである。

『ウ……グウ、ウ……』

唸る魔猪に油断せず、クナは小刀の柄を握って近づいていく。

そして太い首の付け根の下を、勢いよく小刀を振り下ろして刺した。

『グウッ』

魔猪はしばらく痙攣《けいれん》していたが、やがてその身体の震えもなくなっていった。

太い脈を刺したのは、迅速にとどめを刺し、下処理として血抜きを行うためだ。

今のクナには、恐ろしい魔獣が食用肉にしか見えていない。狼の助太刀を止めたのは、噛《か》み跡や引っかき傷ができた部分は食べられなくなるからだ。クナの花粉で痺れた魔獣の味が変わらないことは、経験からよく知っている。

数週間ぶりの肉を前にして、にたりとクナは笑う。

「今夜はきのこ鍋じゃなくて、しし鍋だ」


魔猪の血が抜けきるのを待つ間、クナは近くに大きな木のうろを見つけた。

入り口が羊歯《しだ》の茂みに隠れているという好条件。近くに沢が流れているのと、サフロの木があるのもすばらしい。今晩はここを一夜の宿と定める。

辺りにはむわりと、濃い血のにおいが漂っている。噎《む》せ返るほどの臭気だったが、クナは吐くことも鼻や口を押さえることもしなかった。

血抜きを終えると、魔猪の巨体を魔力水で浄化していく。魔獣は悪臭が強く、人間にとって毒に近い物質を溜《た》め込んでいるので、この作業抜きではまともに食べられない。ついでに毛や血も念入りに洗い流していく。

浄化が一段落したところで、食べられる部位を手早く切り分けていく。

「鍋に使うならやっぱり、肩肉と背の肉だな」

皮を剥《は》ぎ、肉を削いでいく間にも、クナは水魔法を駆使して浄化の手を緩めない。地味に消耗するのだが、これを丁寧にやればやるほど、肉がよりおいしくなると知っているからだ。

作業は順調だったが、ここで問題が起こった。

「あー……これじゃもう使えないや」

拾った小刀が刃こぼれし、いよいよ限界を迎えたのだ。

首や牙は切り落とせそうもない。残念だが諦《あきら》めることにした。

せめてと希少な頬肉と舌をそぎ落としておく。今日食べる分以外は布にくるくると包み、背負いかごに入れた。青年から拝借したマントの切れ端は、いろんなところで役立っている。

魔猪の頭に短く祈りの呪を唱えると、クナはその場をあとにした。血のにおいは魔力水で流れたので、飢えた魔獣が寄ってくることはないだろう。

先ほど見つけたばかりの木のうろまでやって来ると、近くに石を組み合わせて竈を作り上げた。

沢の水を鍋に汲《く》んできて、貴重な塩を入れて火にかける。

視線を感じて振り向くと、地面に伏せた狼がクナを見つめている。

クナが持つ小瓶の出所が気になっているようだ。見覚えがあるのかもしれない。

「この塩は、治療した人の持ち物から拝借してきたの」

もはや狼は呆《あき》れるような目もしない。どこか生温かい眼差しだ。

弱火にして、薄切りの魔猪肉を投入する。硬めの肉だから、時間をかけて煮込む必要がある。サフロの実を潰して果肉ごと入れたので、柔らかく煮えてくれることだろう。

蓋《ふた》の代わりに、クナは細長いイスーンの葉っぱを重ねて鍋に被せた。小動物が雨除けに使う低木の葉で、森にはいくらでも生えている。薬草ではないが、分厚く丈夫で、皿代わりにも使える便利な植物である。

「よく、森では魔猪を食べてたなぁ」

とろとろになるまで柔らかく煮るのが、クナの好みだ。調理の手間を省こうと刺身で食べようとしたこともあるのだが、とてもじゃないが飲み込めなかった。

魔猪を倒すのに、今日のようにクナの花を利用したり、木の棒や投石、弓矢で戦ったこともある。建物を倒壊させ、村を押し潰すという恐るべき魔猪だが、クナにとっては戦いやすい魔獣に分類される。

といっても、勝利して食した回数よりやや少ない回数、死にかけてもいるのだが、結果的にクナは生き残っている。その事実だけで、じゅうぶんだと思っている。

時間をかけて肉を煮込む間に、コグタケとトゲタケの石づきを取っていく。刃こぼれした小刀でも、きのこになら勝てる。

日が沈む頃になっても、木の棒でつつく肉の感触はまだかっちりしていた。クナはサフロの実をかじって、騒ぎだしそうな腹の虫をどうにか宥《なだ》めた。魔猪相手にたくさん走ったのもあり、かなり空腹だった。

浮いてきた灰汁《あく》は杓子で取る。調理道具は、空いた時間にいくつか木彫りで作っている。

三度、目減りした湯を足す頃になると、魔猪の肉には柔らかみが出てきていた。

味つけは塩。石づきを取ったきのこもここらでぱらぱらと入れる。

一気に香りが強くなり、クナのお腹がぐう、と大きく鳴った。口の端から垂れそうになる涎《よだれ》を、ごしごしと袖《そで》で拭《ぬぐ》う。

「そろそろ、そろそろいいよな」

端を切って深皿の形に整えたイスーンの葉に、肉ときのこのスープを入れる。皿底にも重ねて葉を敷いているので、強度はなかなかのものだ。

恵みに感謝を！　うんぬんの文言も忘れ、クナはスプーンで掬《すく》い上げた肉にふぅふぅと何度か息を吹きかけて、口に運ぶ。

「んん～……っ！」

熱々の肉の食感が弾ける。思わず、足をじたばたさせて悶《もだ》えた。

舌の上で蕩《とろ》ける、柔らかい肉の感触。よく煮込み、塩が染み込んだ肉には脂が乗っている。クナは夢中になってもりもりと肉を頬張った。

「ああ、うまい」

肉を堪能したあとは、猪肉の陰で待ち受けていたきのこ類を口に放り込む。

流線型にくにゃりと曲がるコグタケの笠にはふはふ言いながら歯を立てると、じゅわりと旨みの凝縮された水分が口の中に広がった。トゲタケの茎に生えた突起も食感が違って、いい刺激になる。

ひとしきり味わったあと、煮汁を飲むと、温かさがじんわりと、冷えきった五臓六腑《ごぞうろっぷ》に染み込んでいった。

腹の底が温かくなり、全身からぽかぽかと湯気が出ているかのようだ。クナはにやにやと笑った。食事をして、こんな愉快な気分になったのは久方ぶりのことだった。

体温の上がったクナは、真っ赤な顔をしてうっとりと呟《つぶや》いた。

「……はあぁ。天と地の恵みに、感謝を」

自然と、感謝の言葉が口をついて出る。

天にも昇る思いだが、実は今が冬であれば、しし肉はもっとうまい。寒さの厳しい冬に向けて栄養をたっぷりと蓄えるのは、獣も魔獣も変わらない。

クナは口元を緩めつつ、もう一枚のイスーンの皿に汁をよそった。

地面に置くと、伏していた狼が目だけを動かす。意味を問うように、クナを見る。

「お前もお食べ」

サフロの実には興味を示さなかった狼だが、肉であれば食べるかもしれない。

果たして、クナの予感は当たった。起き上がった狼は、ひとしきり皿周辺のにおいを嗅《か》いだあとに、猪肉に思いきりかぶりついたのだ。

肉だけでなく、きのこもむしゃむしゃと食っている。気持ちいい食いっぷりだ。

「誰かと食事するの、久しぶりだな」

ぽつりとクナは呟いた。ドルフとは数えるほどしか食卓を囲んだことはない。

クナはせっせとお代わりをよそった。まだまだ、腹が減っているように感じたのだ。

食事の時間を終えて、クナは何気なく頭上を見上げた。

クナは目がいい。星空を見ていると、少しずつ色の違う紺色の布が、頭上に幾筋も垂れているように見えた。

火の後始末をして、茂みで小用を済ませると、クナは光る実を手に、慎重に木のうろへと這入り込んだ。

かごを置き、木の葉を敷き詰めた寝床に寝転がっても、まだ広々としている。

そう思っていると、のそのそと狼が入ってきた。食べ物をやって、クナに懐いたのだろうか。うろの中を物珍しげに見回している姿が、ぼんやりと薄闇に浮かび上がっている。

「あんた、名前はあるの？」

当然ながら返事はない。そもそも名前なんて、人が人を判別するために使うものだから、獣には存在しないのだろうが。

だが、この先も狼がついてくるつもりなら、名前がないと不便だ。呼びかけようと言《い》い淀《よど》む数秒が、森では命取りになる。

「……ねぇ。ロイって名前は、どう？」

理由を問うように、狼はわずかに首を傾《かし》げた。

面立ちは精悍《せいかん》だが、その仕草は犬のようで可愛らしい。クナが手を伸ばすと、近くに寄ってきたので、頭を撫《な》でてやった。気持ちいいのか、薄闇の中でも光るような美しい目を細めている。

てっきりごわごわしているのかと思いきや、白銀の毛は細く柔らかくて、指通りが良かった。

「ロイは私のせいで死んだ犬の名前だよ」

シャリーンの策略に巻き込まれ、ロイは毒を飲んで死んだ。

嫌われ者のクナに懐くような犬だったから、なんの疑いもなく毒を飲んだのだろうか。あるいは
シャリーンに無理やり飲まされたのかもしれない。

クナとシャリーンのせいで、ロイは死んだ。その事実はどう足掻《あが》いても変わらない。

だからこれは、クナの自己満足なのだろう。

「今日からあんたはロイ。いいね？」

その晩、クナは夢うつつである声を聞いた。

――ウォオン、ウォオオン、と悲しげに森に響き渡る声。

森には魔狼や魔犬がいくらでも棲息《せいそく》している。それなのにロイの遠吠《とおぼ》えだと、クナには分かった。

あれは弔いだ。きっと墓も建てられなかっただろう、可哀想な小犬のために……。

「ありがとう」

ごめんね、と囁《ささや》いて、クナは丸くなる。

その三日後、無事に森を抜けてウェスに辿《たど》り着《つ》くことを、丸くなるクナはまだ知らない。

そして自分を追いだした薬屋がどうなっているのかも、知る由もなかった。

◇◇◇

「ドルフ、おはよう！」

朝を告げるのは、よく親しんだ女の声だった。

「どうしたの、まだ寝てるの？　さすがに気が抜けすぎなんじゃない？」

次いで、カーテンごと窓を開ける音。

閉じた目蓋《まぶた》の裏側にまで、まぶしい朝日が無遠慮に差し込んでくる。

寝台に横になっていたドルフは、煩わしさからわずかに目を開けた。中途半端に開いた視界の真ん中に、春めいたクリーム色の長い髪が滑り込んでくる。

反射的にドルフは手を伸ばした。

肉感的にくびれた腰を抱こうとして、するりと逃げられる。

「だーめよ、ドルフ。今日分のポーションを作らなきゃ」

「……クナみたいなこと言うなよ」

実際は、クナがそんなふうにドルフを急かしたことはないが、あえてドルフはクナの名前を出した。クナがいなくなったのをきっかけにシャリーンは薬屋に入り浸り、内縁の妻か何かのように振る舞うようになっている。

「あら、ごめんなさい。いやなことを思いださせた？」

くすりとシャリーンが笑う。相変わらず、容姿だけならば女神のように美しい女だ。

彼女を押し倒し、服を脱がせて、手からあふれんばかりの大きな乳房を揉《も》みしだきたい。そう感じるのはシャリーンが愛おしいからではない。何もかも忘れて、馬鹿みたいに性欲に溺《おぼ》れたいからだ。ついでに喘《あえ》ぐのに夢中になれば、余計な発言もしなくなるだろう。

それほどまでにドルフは追い詰められている。だが、その事実を周囲にはひた隠しにしている。

「ほうら、起きて。昨日だってお店をお休みしたんだから」

「……おう」

「みんな、ドルフのポーションを頼りにしてるのよ？」

身体中にまとわりつく倦怠《けんたい》感を払って、どうにかドルフは起き上がった。

汗ばんだ顔を袖で拭う。階段を降り、裏の畑でいくつか適当に薬草をむしる。葉も茎もしなびているのは、続いている暑さのせいだろうか。

ドルフの胸中など知ったことかというように、晴れ晴れしい空。燦々《さんさん》と降り注ぐ日光を浴びながら、小声で言う。

「あー、畑に水を撒《ま》いておいてくれるか」

返事はなかった。振り返ると、シャリーンは細い眉《まゆ》を寄せている。

村長の孫娘である彼女は、優雅で贅沢《ぜいたく》な暮らしを送ってきた。庭師の仕事を言いつけたせいで機嫌を損ねたのだろう。

くそ、と舌打ちしたい気持ちを抑えて、ドルフは困った顔を作って両手を合わせた。

「頼むよ。シャリーンが手伝ってくれると本当に助かるんだ。君しか頼れる人がいないから」

「……仕方ないわね」

下手に出れば、シャリーンは渋々とだが頷《うなず》いた。

「でも水瓶の水、もうほとんど残ってないみたいよ」

力仕事のすべてをクナに押しつけてきたドルフは、どうしたものかと思う。井戸で水を汲むのはそれなりに重労働だ。非力なシャリーンには無理だろう。

「構わない、あるだけ使ってくれ」

言い残したドルフは調合室へと向かう。これからのことを思うと気力は萎《な》えるばかりだったが、やるしかなかった。

——血のつながらない妹、クナ。

彼女がアコ村を追放されたのは、もう二日も前のことだ。

追放先は死の森だから、おそらく生きてはいまい。とっくに獣の餌にされたはずだ。

ドルフの胸には、クナの死に感じる痛みも悲しみもないが。

「どうしてクナを追放なんてしたんだ」

薬草をすり潰しながら、ぶつぶつとドルフは呟く。

その拍子に吐きだした唾《つば》が乳鉢に入る。おっとと言いながら手の甲で口元を拭い、ドルフは作業を続けた。

シャリーンを責めるのはお門違いだと、心の底では理解している。

ドルフはシャリーンの前で何度もクナへの愚痴を吐いた。出来損ないの魔法薬師。外れポーションしか作れない役立たず。女としても無価値で、嫁のもらい手もない不美人だと散々に罵《ののし》ってきた。

だからシャリーンは、ドルフのために、ない頭で策を練ったのだ。

数人の村人に協力を仰ぎ、飼っていた小犬を犠牲に、身内である村長たちまで騙《だま》して芝居を打った。事前の相談はなかった。あったなら、ドルフはどんな手を使っても阻止していただろう。

もちろんその理由は、クナへの愛や同情からではない。

「お前らが大好きなポーションは、他でもないクナが作ってたっていうのに」

吐き捨てる声は、間違っても外のシャリーンに聞こえることがないよう、声量が絞られていた。


ドルフはもともと、魔法薬師になんてなりたくなかった。

大きな町ウェスの――その近くの小さな農村に、ドルフは生まれた。アコ村より少し大きいだけの村で、農民だった両親が土砂災害に巻き込まれて死んだところに、母方の親戚《しんせき》だというマデリが現れて引き取られた。

魔法薬師であるマデリはアコ村までドルフを連れてきて、後継者として育てようとしたが、幼いドルフはすぐに挫折《ざせつ》した。

薬草の名前や特徴、部位別の効能、調合や保管の方法……薬師にせよ魔法薬師にせよ、その仕事は頭が痛くなるようなことばかりだった。そんなことより棒を片手に振り回し、年頃が近い子どもと遊んでいるほうが、ドルフにはよっぽど楽しかった。

マデリは学ぶ意欲のないドルフに、無理に教育を施そうとはしなかった。

その代わりというように連れてきたのが、ひとりの娘だ。

痩《や》せ細《ほそ》った、みすぼらしい子どもだった。

冬の枝のような貧相な手足。絡まった黒い髪に、目つきの悪い橙《だいだいいろ》色の瞳《ひとみ》。

初対面のドルフにまともに挨拶《あいさつ》もしない。親に習っていないのか、使う言葉も単語が中心だ。人というより獣に近い、と一目見て思った。

『アタシはこの子を後継者として育てるよ』――マデリのこの言葉にドルフが反発したのも、当然のことだった。

薬師見習いとして刺激されたわけではない。自分が得られなかった後継者の地位を、急に現れた獣のような娘に奪われるのが鼻持ちならなかったのだ。

だがドルフの気持ちなど、マデリが考慮するはずもない。彼女の指導のもと、娘――クナはあっという間に、千は下らない薬草の名前に、見た目やにおい、感触といった特徴も含め、余すことなく知識として吸収していった。

暇さえあればマデリが作った図鑑を読《よ》み耽《ふけ》り、吟味しては、内容に不足や誤りがあることすら指摘してのける。

それだけではない。幼いドルフが特に恐れたのはクナの魔力だ。

といっても、魔法の実力が優れているというわけではない。今もクナは、難しい魔法だって使えない。

ドルフがひたすら恐怖したのは、クナの異様なまでに執念深い根気強さである。

魔力切れは、子どもでも大人でも一度は味わう現象だ。

胃の中身がすべて逆流するような感覚。頭は割れるように痛み、目まいがして、生理的な涙があふれる。まともに立っていることもできなくなる。

そうして、誰もが知る。強制的に限界を突きつけられて、自分はこの程度なのだと悟るのだ。

だが、クナは違った。

魔力切れするまで魔法を行使しては、泡を噴いて失神する。

しかし次の日にはけろっとして、また魔法を練習する。それを毎日、毎日、当然のように繰り返す。とても幼い子どもが耐えられる苦痛ではないそれを、クナは何度も乗り越えてみせる。

学習能力がない犬のようだとドルフは笑っていたが、日に日にクナの作る薬の量が増えているのに気がつき、笑みは凍りついていった。

一年も経った頃には、クナの魔力量は尋常ではなくなっていた。魔力切れの苦しみを何度も繰り返すと、その分、魔力の量自体が少しずつ向上していくらしいと、クナを見ていてドルフは知った。

仕組みが分かっても、とてもじゃないが真似する気にはなれなかったが。

そんなクナに、マデリは厳しく指導しながら、大きな期待を抱いていた。老婆は隠しているつもりだったようだが、ドルフの目から見れば一目瞭然《いちもくりょうぜん》だった。

しかしマデリは八年前に死んだ。病ではなく、老衰だったのだと思う。クナは薬草を摘みに行っていて留守だったから、ドルフだけが、マデリの遺言を聞いた。

『クナが、クナこそが、アタシの意志を継ぐ者だ。あの子はこれから、多くの人を救うよ。ドルフ、アンタは傍であの子を支えておやり』

皺《しわ》だらけの老婆は幸せそうに微笑んで息を引き取った。

そしてマデリの遺体を泣きながら抱きしめるクナに、ドルフは言った。

『ばあさんは俺を後継者に選んだ。お前はこれから、俺の補佐として働くんだ』

泣き腫《は》らした目をしたクナは、こくりと素直に頷いた。

そのときは身の程を弁えていると思ったものだが、今になって考えると、そうではなかった。まともに修練を積んでいない兄弟子が店を継ぐと言ったのだ。クナの立場ならば、異を唱えて当然。遺言を偽っているのではないかと、疑ってもおかしくない。

だが、クナは知らなかったのだ。

ドルフに薬草の知識がないことも、ポーションを作る実力がないことも、帳簿がつけられないことも、クナはちっとも知らなかった。今もきっと、知らないままだろう。

なぜならば――好奇心に満ちた橙色の目の中に、ドルフの姿は一度も入ったことがなかったのだから。

クナはドルフに、欠片ほどの興味も抱いていない。それに気がついたときは、腸が煮えくり返るような思いがしたが……やがて、ドルフはその事実を利用することを思いついた。

喪が明けるより前に、クナの作ったポーションを店に出すことを告げた。クナのポーションは黄色蓋《ぶた》、ドルフの作ったポーションは青色の蓋をつけて、一目で見分けがつくようにするとも伝える。

それからクナは、ポーション作りに専念するようになった。マデリを喪失した悲しみを、忙しない日々を送ることで埋めているようだった。

一生懸命に調合したポーションを小さな手で棚に並べるクナ。そんなクナに、薬草畑と野菜畑の世話もするようにとドルフは命じる。言われずとも畑を見ているクナだが、真剣な顔で頷き、裏口から飛びだしていった。

ドルフのやったことは単純だ。

クナがいない間に、青い蓋と黄色い蓋を手早く付け替えていくだけ。

初日は緊張して何度も手が滑りそうになったが、どうにかしてやり遂げた。

――ドルフは、誰よりもよく知っていた。

クナの優秀さ。彼女の足元にも及ばない自分の実力を。

クナは村人に非難されるたびに、おかしいと何度となく感じていたはずだ。だが薬師として生真面目――もっと言えば馬鹿がつくほど真面目なクナは、自分の調合に原因があるのだと結論づけていた。

棚に仕舞えば、それは売り物だ。商品に不純物が混入しないよう、蓋を閉めたポーションをクナが自ら開けることはなかった。

しかし不思議なもので、何度も蓋を取り替えるのを繰り返していると、まるで自分が立派に仕事をして、誰にも成し遂げられない偉業を果たしているような、そんな心持ちになっていく。

クナのポーションとまったく見分けがつかない色合いの液体を完成させると、叫びたいほどの喜びを得た。努力が実を結んだと、心からそう思った。

シャリーンや村人たちはドルフに騙されているとも知らず、口を揃えてドルフを実力者だと讃《たた》え、クナを非難した。名声を得るたびに、ドルフの錯覚は強まっていった。

顔を合わせるたび、ドルフはクナを罵倒《ばとう》した。

いっとう堪らないのが、クナに無理やりお礼を言わせるときだ。歯噛《はが》みしながら、ドルフへの感謝を口にするクナを見下ろしていると、途方もない優越感が湧き上がる。シャリーンを抱いているときよりよっぽど強い快楽に、ドルフは溺《おぼ》れていった。

だが、今は――。

「……うっ」

調合釜《がま》をかき回していたドルフは、喉元《のどもと》を押さえた。

小刻みに手の先が震えて、木べらを持っていられなくなる。

「うっ、おえぇ……！」

魔力切れだった。

ぐつぐつと気泡が浮かぶポーション液の中に木べらが落ちる。ドルフはその場に蹲《うずくま》った。

目に涙がにじむ。苦しい。吐き気がする。気持ち悪い。空っぽの胃の中身を吐いてしまいたい。

しかし、嘔吐《おうと》すれば片づけが面倒だ。もうクナはいない。いくらシャリーンに頼み込んでも、気位の高い彼女が人の吐瀉物《としゃぶつ》を片づけはしないだろう。自分で片づけるなどと惨めな真似は、それこそ考えられない。

「うっ、うぐ、うぅ」

喉《のど》に込み上げてきた胃液を、ドルフは無理やり飲み込んだ。

以前は井戸の水に薬草と色づけの花を混ぜ込み、それっぽい色に仕立てていたが、今となっては、どうにかしてそれらしいポーションを自分で調合する必要があった。

だが結果的に、昨日もドルフは魔力切れの苦しみを味わった。店を開けるどころではなくなり眠ったのはそのためだ。一晩寝たところで回復にはほど遠かったが。

「そうだ、しばらく、病気の振りをしよう……」

少しくらい怪しまれても致し方ない。

クナが稼いだ金がある、すぐに飢え死にすることはない。いざとなればシャリーンを頼る手もある。

ポーション液が冷めるのも待たず、瓶に移していく。そうしている間も、ドルフの頭は割れるように痛む。

今日はもう、さっさと布団をかぶって寝たい。

調合室の戸がとんとんと叩《たた》かれる。ぼんやりと見やれば、シャリーンがそこから顔を出していた。

「ドルフ！　大事なことを伝え忘れてたんだけど、今夜、あたしの家で宴を催すことになったの」

「……宴？」

何を祝う宴だろうか。収穫祭の季節には遠いが。

訝《いぶか》しげなドルフに、シャリーンは華やかな笑顔で言う。

「クナを無事に追いだした記念の宴、よ。盛大に祝う予定で準備してるから楽しみにしてて。夕の鐘が鳴ったら迎えに来るわ。って……、あら？」

止める暇もなく、シャリーンが調合室に靴も脱がずに踏み込んでくる。

今さら隠せるはずもない。ドルフの手元には、青蓋のポーションがたった四本だけ転がっていた。

「……今日はこれだけなの？　いつも青蓋のポーションを一日に二十本は並べてたのに」

ドルフは怒鳴りそうになるのを、唇を噛《か》んで耐えた。

(この四本を調合するのに、俺は……二日もかけたんだぞ)

だが、そんなことを口にできるわけがない。

そして、ひとときの激情に身を任せればすべてが終わる。ドルフはふぅと息を吐くと、こめかみを押さえるような仕草をした。

「あんまり体調が良くなくてな。今日も店は開けられそうにない」

「確かに顔色は良くないみたいだけど、……」

シャリーンはまだ何か言いたげだ。

これ以上詮索《せんさく》されると、クナの件がばれる可能性がある。

「宴には顔を出すよ。休むから、そろそろ出て行ってくれ」

努めて優しく促すと、シャリーンは躊躇《ためら》いながら店を出て行った。

ひとりきりの調合室で、青ざめた顔をしたドルフが思うのは、ひとつだけだった。

――この四本のポーションが、どうか、クナのポーションと遜色《そんしょく》ありませんように。

しかしその願いがどれほど難しいことかも、心の奥底では分かっていた。

第三章　ウェスに到着

その日、早朝からクナは森の中を歩いていた。

案内するように迷いない足取りで進むロイについていく。

幸い、魔獣に出会《でくわ》すことはなかった。木のうろで乾かした干し肉が手持ちにあるし、無理に戦おうとも思えないが。

「あっ。また薬草」

クナが声を上げると、ロイが長い足をぴたりと止める。

クナが薬草を採る間、ロイは近くを警戒するように見て回る。心強い味方だ。ご褒美として、昼に干し肉を分けてやろうとクナは思う。

それに、気になることもある。

「ロイ、珍しい素材がある場所が分かるの？」

素材だけではない。数日前、きのこの群生地を見つけたのもロイのおかげだった。

ロイは答えなかったが、振り返る瞳《ひとみ》は、肯定を示しているようだった。なんとなく、この言葉を持たぬ獣の声が、クナにはちらほらと聞き取れるような気がしていた。

歩を進める間に、木々の数が少しずつまばらになっていく。

魔獣ではない、小鳥の囀《さえず》る声がする。むわっと噎《む》せ返るような草の香りが、少しずつ薄らいでいくのをクナは感じた。

ふいに確信する。これは、合図ではないか。人の住む場所が近づいているという、その合図——。

がさりと羊歯をかき分けたクナは、ゆっくりと目を細める。

汗ばんだ髪の毛の間を、爽《さわ》やかな風が通り抜ける。まるでクナを、歓迎するように。

一気に景色が開けていた。

「……ウェスだ」

眼下に見るウェスは、美しく広大な町だった。

円形の石塀に囲われる中、木や石、煉瓦《れんが》を積み上げて造られた家々が、通りに沿って所狭しと建ち並んでいる。

町中には、至るところに水路が走っていた。路面は整備されていて、きっちりと石畳が敷かれている。そこを、子どもたちが笑い声を上げて駆けていた。

町の中心には広場と、尖塔《せんとう》のある教会や墓地がある。そこを起点として、町は四つの区画に分かれているようだ。

クナは木に寄りかかり、遠目にその様子を観察する。目が離せなかったといってもいい。

東側は、商業区画のようで、雑多な店や露店が並んでいる。行き交う人の数も、見たところ最も多い。その数だけで、アコ村の住人数を優に超えているだろう。

西側は、やたらときらびやかで大きな家が並ぶので、金持ちが多いのかもしれない。

南側は、森に面しており、平民の家が多そうだ。菜園に実る野菜の色合いは、アコ村で育つものよりよっぽど鮮やかだった。

北側は、大衆食堂や居酒屋らしい建物があるのと、高い煙突が点在しているので、宿場町にもなっているようだ。時間帯によるものか、ここは閑散としている。

そして北の、さらに奥まった場所にぽつんと建つ大きな建物は、領主の家だろうか。広大な庭に、温かみのある赤い屋根が目立つ立派な屋敷だ。

「村長の家とは、ぜんぜん違う……」

一目見て分かる。掘っ立て小屋だらけのアコ村よりも、ウェスはずっと豊かな町なのだ。

石塀の内側にはこのように建物が密集しているが、外側には帯状に田畑が広がっている。危険な森に面する場所以外は、開墾されているようだ。数え切れないほどの麦の穂が一斉に風に揺れ、首を傾けている光景に、クナはしばし見惚《みと》れていた。

――風にそよぐ麦の穂が、この町を包み、慈しんでいるようだと思ったのだ。

麦畑の先にも続いていく街道が見えたが、頭を振って、クナはいったん意識をウェスに戻す。

ウェスの東西南北にはそれぞれ門があり、クナの立つ南側の門の脇には、二人の門衛が立っている。その近くに数人の姿があるが、森に入るわけではないようだ。

（本当にウェスに、着いたんだ）

ほぅ、とクナは息を吐きだす。どくどくと胸が高鳴り、落ち着かない。

（……私は、アコ村で死んでいくんだと思ってた）

あの小さな家で、毎日薬を調合して、老いていくのだと想像していた。

だが、もうクナはアコ村に帰れない。帰るつもりもない。

ウェスに向けて踏みだそうとしたクナは、そこでふと思いだした。

隣に立つロイを見る。

「さすがに、町には一緒に行けないね」

ロイとは数日間を共に過ごしてきた。

名前までつけたのだ。少なからず愛着はある。だが図体のでかい狼だ、魔獣が侵入してきたと驚く人もいるだろうし、誤って攻撃されるかもしれない。

クナが最も恐れているのは、クナが魔獣を引きつれてきたと勘違いされることだ。ここで別れるのが、最も正しい選択であるのは明白だったが。

「……どうしよう」

クナは、迷っていた。

体温を分け合って眠った夜。ロイの身体は温かく、クナはその存在に安らぎを覚えていた。離れがたい、と思ってしまう自分がいたのだ。

するとロイが唐突に、くるくるとその場で回りだした。

「お?」

小便かと思い、さっと距離を取るクナだが、違った。

ロイの身体が、透き通るように朧《おぼろ》げになっていく。しかも少しずつ、縮んでいっているような……。

「おお？」

ぱち、ぱちぱち、とクナが目を瞬く間に。

白銀の狼はあっという間に、ふくふくとした白毛の犬になっていた。

目は大きく、ぱっちりと開いた金色の瞳が印象的だ。

それになんだか、全体的に丸っこくなっている。どことなく、死んでしまったロイに似ている気もする。

「すごい。小犬になった」

しかも「キャン」とそれっぽく鳴いた。おおー、とクナは感嘆してしまう。

ロイについては分からないことだらけだ。今日、分からないことはさらに増えたわけだが、クナは細かいことは気にしないことにする。

大事なのは、可愛らしい小犬であれば、連れていても咎《とが》められないだろうということだ。

「じゃあ行くよ、ロイ」

「キャンッ」

背負いかごを揺すりあげたクナは、小さくなったロイを連れて麓《ふもと》へと下りていった。

ひとしきり歩き続け、傾斜になっている場所を見つけると、クナは枝を杖《つえ》のように使って慎重に下りていった。

ロイも後ろをぴょんぴょんと危なげなくついてくる。姿が小犬に変わり、足は短くなったが、特に不自由はなさそうだ。

ウェスが近づいてくると、町中を流れる水路の音や、子どもたちの笑い声が鮮明に聞こえてくる。

町を守る門衛たちも、人影に気がついて顔を上げた。煮固めた革鎧《よろい》をつけた彼らの手には、薄っぺらい槍《やり》が握られている。尖《と》がった矛先は天を向いているが、いつこちらを向くかは分からない。

緊張のせいか、クナの喉奥《のど》には唾《つば》が込み上げてくる。かごの紐《ひも》を持つ手に力が入った。

ウェスに受け入れられなければ、クナには他に行く当てがない。

町の外だからか、ここは剥《む》きだしの地面の上を、クナは緊張を押し殺して進んでいく。一挙一動をつぶさに観察されているのを、肌で感じた。

声が聞こえるほど近くまで寄るのを待っていたかのように、右側に立つ中年の男が口を開いた。

「いつ、森に入った?」

(あー……)

その一言で、何を不審がられているのかクナは気がついた。

門はおそらく朝に開かれ、夕方には閉じられるのだと思われる。だとすると、早朝から門を見張っていただろう彼らが、今朝方見送った覚えのないクナを不審に思うのは当然だ。

つまり、クナは『いつ』森に入ったかではなく、こう答えるべきだ。

「アコ村から来ました」

二人とも、聞き覚えのない単語を耳にしたような、どこか困惑した顔つきになった。

「アコ村というのは……死の森の向こうにあるという、最果ての村のことか？」

「そうです」

「君は、最果ての民だと？」

「……そうです」

よく分からなかったが、クナがアコ村からやって来たのは事実である。

とりあえず肯定すれば、二人が小声で何かを話しだす。立ち尽くすクナはじっと待つしかない。

どんな話し合いが行われたのか、左側の若い男が質問してくる。

「君は冒険者には見えないが、魔獣だらけの死の森をどうやって越えたんだ？」

「私は魔法薬師です。薬の知識がありますし、魔獣の住処を避けてどうにか」

自力で魔獣を仕留めた、などと付け足す必要はないだろう。さらに怪しまれては困る。

薄汚れた格好ながら、クナは怪我らしい怪我も負っていない。職業については、それで信じてもらえたようだ。

「魔法薬師か、珍しい……」

二人は感心したようにクナを見るが、それでも簡単に疑いを解こうとはしない。

「だが、見たところ君はずいぶん若い。それなのにひとりで森をくぐり抜けられたとは、にわかには信じがたいが」

「ひとりじゃなかったので」

「きゃーん」

足元で尻尾《しっぽ》をふりふりし、ロイが可愛らしく鳴く。自分は人畜無害な小犬です、と力いっぱい訴えているようだ。

とても猟犬には見えないロイだが、一瞬、空気が和む。中年男がクナを見やる。

「大変だったな」

「……どうも」

まさか労《ねぎら》われるとは思っていなかったので、遅れてクナは頭を下げた。

二人の目からは訝《いぶか》しむ色が消えている。

どうやら怪しい娘を槍で追い立てる気はないようだ。クナは胸《むね》を撫《な》で下《お》ろした。

「いくつか教えてほしいんですが」

「なんだい？」

「この町で最も安い宿屋の代金は分かりますか。それと薬草や、ポーションを買い取る店はありますか」

魔猪一頭分の肉が余っているから、食事にはしばらく困らない。

とりあえず確保したいのが寝る場所だ。森の中で獣の鳴き声を聞きながら、洞窟《どうくつ》や木のうろで眠るのでは身体が休まらなかった。

問題なのは、クナに手持ちの金がないということだ。薬屋から洞窟に連行され、着の身着のまま森に追放されたクナは、小銭すら持っていない。これではどこの宿でも門前払いされてしまう。

今日のうちに一夜の宿代は稼がなくては、また森に逆戻りとなる。薬草類かポーションを売れる店は早々に見つけておきたかった。

二人が顔を見合わせて、ほぼ同時に首を横に振る。

「宿の代金は、すまん、おれたちには分からんな」

「そうですか」

クナは落胆しなかった。彼らには帰るべき家があるのだ。自分の住む町にある宿屋の料金など、いちいち調べることはないだろう。

「ただ、いちばん安い宿はアガネかな。食事はついてないし、部屋の壁が薄いと聞くが、いい湯浴み場があるので有名だ」

アガネは薬草の一種で、民間薬の処方に使う。池や湖に自生しており、赤緑色の丸い葉っぱが特徴的だ。根と見紛うほど長い蔓《つる》をあちこちに伸ばして、ぷかぷかと水に浮く。

「へぇ。いい名前の宿ですね」

どこか不思議そうに二人が首を傾《かし》げる。

アガネは根無し草なのだ。それだけで、宿の店主がどういうつもりで名づけたか、分かろうというものである。

今夜はその宿に泊まろう、とクナは思う。名前を聞いただけで気に入ってしまったのだ。

「あと、そうだな。薬屋なら薬草は買い取っているはずだ。ポーションについては町で開業届を出していないと、個人では販売が禁じられている。広場か通りに屋台を出すにも臨時営業届が必要だ。町の北にある、二階建ての茶色屋根の建物が冒険者ギルドでな。そこでも、薬草は買い取っていたと思うが」

まばらに髭《ひげ》の生えた顎《あご》を撫でながら、中年男が教えてくれた。クナが開業届など出していないことは丸分かりだからか、親切な回答だ。

（なら、まずはギルドのほうか）

流れの薬師では足元を見られる。薬屋で手持ちの薬草を二束三文で買い叩《たた》かれるより、そちらに期待を寄せたい。

「いろいろと教えていただき、ありがとうございました」

丁寧に頭を下げたクナは、ロイを連れて門をくぐる。通り抜けながらまじまじと見たところ、堅《けん》牢《ろう》な石造りの門は、鎖を引くと、鉄杭《てつくい》が落ちて閉門される仕組みになっているようだ。

「すごいね、ロイ」

「きゃうんっ」

まだロイはかわいこぶっていた。


――黒い髪を揺らして去って行くクナと白犬のロイを見送ると、門衛は目を見交わした。

「本当にあの子、死の森を越えてきたんですかね。街道を使っただけだったりして」

「お前も、森から出てきたところは見ただろう。それに街道のほうは、今も閉鎖してるぞ」

年下の同僚相手に、中年の門衛は溜《た》め息《いき》を吐く。

ウェスからアコ村に直通する、テン街道という長い街道がある。森を大きく迂回《うかい》する道で、南門ではなく東門に通じている。

大人でも歩いて半月かかる道のりで、死の森を越えるよりはずっと安全な道だが、落石で道が塞《ふさ》がってから再開通の見込みは立っていない。

「そうでしたね。ですが、どうしたって信じられませんよ。この森から出てこられた人間は、今まで片手で数えるほどしかいないんですから……」

お互いにぎこちなく、頬のあたりが引きつっている。

二人とも、自分の目で見たのだから、クナを疑っているわけではない。それでも、信じがたいことというのはあるものだ。

ひょろりと痩《や》せた体つきの少女だった。

薄汚れた麻の服は、他人のものなのか、絞れるくらいに袖《そで》や裾《すそ》が膨らんでいた。

年齢は、十三、四歳というところか。橙色《だいだいいろ》の瞳《ひとみ》は、子どものものとは思えないほど冷徹で鋭かったが、それ以外は平凡な子だ。

しかし彼女は、その名の通り幾人もの魂を呑《の》み込んできたおぞましい森を、たったひとりで――しかも無傷で、乗り越えてきたのだ。

どこか得体の知れない少女の迫力に圧倒されていた門衛たちは、そこで重要なことを思いだす。

「ああっ、そうだった。君、森の中で若い男を――」

そう彼らが声を上げたときには、クナはとっくに通りの向こうに消えていた。

はっはと荒い息を吐くロイを引き連れて、クナはウェスの町を歩く。

周りは建物や看板ばかりだ。年頃らしくなく冷めたところのあるクナだけれど、見慣れない光景を前に気分は高揚している。悪目立ちはしたくないが、どうしても、きょろきょろと周囲を観察してしまう。

こつこつ、とつま先で、踵《かかと》で、石畳を叩いてみる。この感触も慣れないものだ。

その上をたったかと歩くロイのほうが、よっぽど堂々としている。可愛い、と子どもたちに目をつけられて指をさされるが、本人は無視している。立ち止まれば囲まれると察知しているようだ。

大きな通りは人も多い。活気づいた人混みは、クナの目には色づいているように見えた。

腕を組んで歩く母と娘、帳簿をつけながら忙しげに歩く商人、小屋から逃げだした鶏を片手に抱えた農婦……。

アコ村とは景色だけでなく、空気も違う。乾いた土ではなく、食べ物の焼ける香りや、はしゃぐ子どもの汗のにおいが鼻先に漂う。

人通りがあるおかげか、幸い、クナの薄汚れた格好を気にする人はほとんどいなかった。

通りには露店がいくつも出ている。売り物は穀物や農産物、軽食が中心だが、中には鉱石を使った装身具を売る屋台もある。しかし、薬や薬草を売る店は見当たらなかった。

それも当たり前かもしれない。薬やポーションは生活における生命線なのだから、多くの人は信頼の置ける行きつけの店を利用するだろう。

「ここがギルドか」

露店の呼び込みを無視して通り過ぎた無一文のクナは、門衛に教わった建物を見上げる。

茶色い屋根の、三階建ての大きな建造物。看板には冒険者ギルドの文字がある。

両開きの戸は開きっぱなしになっている。木製の小さな階段を上り、クナは入店した。

犬は入店禁止とは書かれていないので、ロイもついてくる。

右手にはカウンターが二つ並んでおり、二人の女性が「いらっしゃいませ」とほぼ同時に挨拶《あいさつ》を口にし、頭を下げた。クナも、お辞儀で返した。

日が高く昇った時間帯は、ギルドでは閑古鳥が鳴くようで、他に人気はない。

左手には二階に続く階段がある。左奥を覗《のぞ》き込むといくつものテーブルがあり、そこは飲み屋になっているようだ。

入り口の正面には掲示板があり、依頼内容が書かれた羊皮紙がいくつも貼りだされていた。

現在は六枚。魔獣狩りや魔獣の素材採取が主で、数は少ないが薬草の採集依頼というのもあった。

魔獣の名前には、見覚えのないものが多い。というのも、死の森以外の場所で出没する魔獣についての依頼が多いからだろう。クナは、森以外の場所を知らないのだ。

「魔猪一頭を倒せば、二千ニェカももらえるんだ」

――大きな町には冒険者ギルドが置かれ、町そのものと密接な関わりを持つ。

運営は、主に国からの支援金で成り立っている。討伐や採集といった依頼を受けるのは冒険者だ。

といっても職人や技術者のように、資格が必要というものではない。冒険者というのは、魔獣狩りをする者の便宜上の呼び名であり、自ら名乗る者のほうがずっと多い。騎士や兵だけでは魔獣討伐の手が不足するため、先々代の国王が打ち出した施策のひとつだ。

基本的に外国からの流民でなければ、誰でもそう名乗ることができるが、それだけで食っていけるのはごく一部に限られるため、町によって冒険者の数も練度も異なる。

ウェスを拠点とする冒険者の数は、死の森と隣接している影響もあり多いが、習熟した冒険者は少ない。

一度は死の森を見てみたい、と怖いもの見たさで各地から訪れる冒険者は、住民たちに脅されて引き返すか、気にせず森に入る。どちらを選んだとしても、数日でいなくなるわけだから、観光客とほとんど変わらない。しかし彼らが金を落とすおかげで、ウェスは栄えているともいえる。

クナはといえば、冒険者として活動するつもりはない。

クナは魔法薬師だ。やれるのは魔力を込めた薬を調合することだけ。

だが二千ニェカというのはそれなりの金額だ。クナの外れポーション一日分が全部売れるのと同額……。

「どうされました？」

立ち止まるクナに、手前のカウンターに立っていた茶髪の女性が話しかけてくる。

「何かご不明な点がありましたら、遠慮なくおっしゃってくださいね」

二十代半ばくらいと思われる女性は、侮りではなく模範的な笑顔を浮かべている。大人にこのような丁寧な物腰で接されることは、村では一度もなかったから、クナは少しだけ驚いた。

驚きを表には出さず、クナは口を開いた。

「魔猪を倒したら、意外とお金がもらえるんだなと思って」

「そうですね……でも、魔猪は特に凶暴で危険な魔獣ですから。二千ニェカは妥当な報酬だと思います」

「そうなんですか」

感心するクナは見落としていた。

他の羊皮紙と重なりかけたところには、こう書いてあったのだ。

――ただし死の森に出没する凶暴な魔猪については、倍額の四千ニェカを基本報酬とする。

無論、受付を務める彼女も、まさか目の前の少女が口にしている魔猪が死の森の魔猪のことだとは、夢にも思うまい。

「申し遅れました、わたくしはナディといいます」

きれいに化粧した彼女――ナディは横髪を耳にかけ、赤い唇をにこりと綻《ほころ》ばせる。

クナは素っ気なく頭を下げた。

「クナです。いくつか訊《き》きたいんですが」

「なんなりと」

「ウェスで最も安い宿屋の代金は分かりますか？」

ナディは何かの資料を見るでもなく答えた。

「アガネですね。一泊あたり七百ニェカです」

よく冒険者に質問されることなのだろう。てきぱきとした答え方だ。

では、外れポーション七本分を売り上げなければ、今夜の宿は取れないということだ。そう反射的に考えて、クナは頭を振った。

（さっきから、どうしたんだ）

しばらくクナは、人と会わない森の中で生活していた。

そのせいだろうか。人々が行き交うウェスに来てから、やたらとアコ村のことを思いだす。こうしている今も、ドルフやシャリーンが背後に現れるのではないかと、心のどこかで怯《おび》えている。

「クナさん。どうされました？」

質問をするのは、ずいぶんと勇気がいった。

「……ここでは、ポーションの買い取りはしてますか？」

ナディが、申し訳なさそうな表情を作る。

「すみません、当組合ではポーションの買い取りは行っていないんです。品質の鑑定自体は可能ですが、あいにくポーションを鑑定できる者は留守にしておりまして」

（鑑定……ばあちゃんが使ってた魔法だ）

薬草や素材、ポーションの状態や効能など、ありとあらゆる情報を知ることができるという特殊な魔法だ。マデリはその魔法を活用して、植物や薬草の図鑑を作っていた。それらはすべて、彼女が亡くなったときにドルフが売り飛ばしてしまったが。

鑑定の魔法を羨《うらや》ましいと思ったこともあるが、薬草を見つけては観察に励むクナにとって、その品質を見抜くのはさして難しいことではない。初めて見つける薬草であっても、マデリの図鑑や彼女から受け継いだ知識がある。

（にしても、買い取りできないのに鑑定はしてくれるのか？）

どちらにせよポーションを作っても、それを入れる硝子瓶が手持ちにない今は、瓶が買えるまで薬草を売るしかないだろうが……。

クナがまた黙ってしまうと、ナディが気を遣ってなのか訊ねてくる。

「魔獣素材などは、何かお持ちのものはありますか？」

魔猪の皮は、当然ながら売れたのだろうが、刃こぼれした小刀では魔猪の硬い皮を丁寧に剥《は》ぎ取ることはできなかった。牙《きば》も同じくだ。

だとするとクナの手持ちにあるのは魔猪の肉。苦労して得た干し肉である。

「ありません。薬草しか」

ほとんど考えずに、クナはそう答える。

食料は重要だ。突き詰めれば、金銭よりも重要である。

この場で干し肉を差しだして数枚の硬貨を受け取れば、宿屋に泊まることはできるかもしれない。だが食事は抜きになる。寝床のために空腹を我慢するのはごめんである。逆のほうが、よっぽどいい。

ナディの目元が緩んだ。

「薬草類でしたら、わたくしでも鑑定できますわ」

その言い回しを、クナは不思議に思った。先ほど、ポーションを鑑定できる人間は不在だとナディ本人が言ったからだ。

そんな疑問を読み取ったのか、ナディが微笑む。

「薬草や、魔獣から採取できる素材であれば鑑定できるんです。でも調合して作られる魔法薬やポーションは、鑑定が非常に難しくて……わたくしにはできません」

「へぇ……」

鑑定魔法にも細やかな種類があるらしい。クナは初めて知ったことだった。

マデリは、薬草でもポーションでも鑑定魔法で見ていたが、あれは本当に特別なことだったのだ。マデリの魔法の腕前は、よっぽど優れていたのだろう。

背負いかごを下ろそうとすると、ナディが「こちらに」と案内してくれた。

よくよく見ると奥のカウンターとは、役割が分けられているようだ。奥は討伐依頼、手前のナディは採集依頼の報告を請け負うようになっているらしい。向こうのカウンターには、ちらほらと人が増えてきていた。

窓の外から射し込む日の光は、飴《あめ》のような蜜《みつ》色をしている。もう夕方なのか、とクナは驚いた。今夜も森の中で過ごすか、屋根のある部屋を取れるかは、今このときにかかっているのだと実感する。

お座りしていたロイも、クナについてくる。奥のカウンターに座る女性の視線を感じる。ロイが店内で粗相しないか見張っているのだろう。賢い犬——もとい狼だから、その心配はないのだが。

広いカウンターの上に、クナはめぼしい薬草を置いていく。

しかめっ面になるのには理由が二つある。

ひとつ目は、調合前の薬草では大した買値がつくと思えないこと。初級ポーションは三百ニェカで売れるが、その材料となる薬草は比べるべくもなく安価だ。

二つ目は、これらの薬草で調合をしてみたかったから。調合もせずに売り渡すなんて、本当はいやなのだった。

いつも手に入るのは基三草くらいだったから、森で集めた薬草で、いろんな調合を試してみたかったな……。

しょんぼりしつつクナが新しい薬草を取りだすたびに、ナディの目は大きく見開かれていく。

隣のカウンターからも声が上がり、冒険者たちの間にざわめきが走っている。しかしクナは気がつかなかった。調合の楽しみと安心できる寝床を、秤《はかり》にかけて苦しんでいる真っ最中だったのだ。

クナの手の動きが止まると、ナディが咳払《せきばら》いをする。

「では、鑑定させていただきますね」

薬草の束を手にして、ナディが黙り込む。

ぼんやりしているわけではない。注視すれば、目の奥に淡い水色の光のようなものがちりちりと弾けるのが見える。

クナは、マデリのことを思いだしていた。マデリも、鑑定を行うときは同じように目が光っていたのだ。

しばらく、ギルド内には沈黙が満ちる。

それが解かれたのは、ナディがふぅと息を吐いたときだった。

「……すべて、最高品質に保たれています。虫食いの形跡もなく、乾燥手順もまったく問題ありません」

採集した時点で、クナは一枚ずつ葉や素材に乾燥と保護の魔法をかけている。森の中を動き回っていては、干す余裕がないからだ。苦し紛れだったが、問題はないようでほっとする。

ちなみに日持ちしないサフロの実には、保護魔法はうまくかからない。あの魔法は、多量の水分を含むものにかけるのは難しいのだ。例外は、魔力水が材料となるポーション類くらいである。

失敗して駄目にしてきた実の数は山ができるほどだ。長持ちしない実だからこそ、あれほどまでに甘くておいしいのだとクナは思うようにしている。思わなければ、そろそろサフロの実に呪われるかもしれない。

「最高品質だってよ」

「それより金の草とキバナがあるぞ」

「このあたりだと、なかなかお目に掛かれないが……どこで採取したんだ？」

冒険者たちが上擦った声で会話するのも、ナディの言葉に集中するクナには聞こえていない。

「一本ずつの値段をお伝えしますね」

ナディは日焼けしていない手で、薬草束をひとつずつ示していく。

「基三草はどれも五ニェカ、青い草と緑の草は三十ニェカ、金の草は百ニェカ、ミズバナは二百ニ

ェカ。最高品質ですので、こちらは買い取り限度額でのご案内となります。この金額は、時期によっても変動しますし、別個に採集依頼が出ていれば、もっと値段が上がることもあります」

（基三草が一本五ニェカ？）

おや、とクナは意外に思う。値段を知りたいがため、試しに置いただけなのだが意外な価格がついている。

どこにでも生えている薬草なのだ。ウェスはアコ村と物価も大きく異なるのだろうか。というより、限度額というのが決め手なのか。

ウェスにやって来たばかりのクナには、疑問に思うことが多い。しかし今は、ナディの話の続きを聞くべきだった。

「それとキバナは、一本につき五百ニェカで買い取ります。キバナについては、季節による変動がなく、ウェスでは一定価格で買い取りを行います。こちらも限度額でのご案内となります」

「五百ニェカ？」

今度こそクナは言葉を失った。

（五百ニェカって、五百ニェカだよね？）

右足に、ロイがすりすりと頭を押しつけてくる。その五百ニェカだ、と言っているのだろうか。

確かにキバナは中級ポーションの材料となる。しかし調合してもいないのに、それほどまでの高値で買い取られるとは、よっぽど需要があるのだろうか。

そういうことであれば、とクナは決めた。

「ミズバナは二十二本すべて、キバナは十本売ります」

「承知しました」

九千四百ニェカを受け取ったクナは、しばらく惚《ほう》けてしまった。

（あっという間に宿代が稼げた……）

放心するクナを穏やかな笑顔で見ていたナディが、やんわりと問うてくる。

「クナさんは文字が読めますね？」

「はい」

クナは頷《うなず》く。庶民の識字率はそう高くないが、クナは羊皮紙の文字を読み取っていたので、ナディはとっくに了解しているようだ。

「二階に資料室があります。薬草の群生地や買取価格についての資料もありますので、よろしければご覧ください」

「ありがとうございます」

「それとですね、ひとつだけお訊ねしたいことがあるんですが」

先を促すようにクナが首を傾《かし》げると、ナディは身を乗りだして耳元に囁《ささや》いてくる。

「もしかしてあなたは、死の森に入りましたか？」

驚いたクナだったが、ナディの目は真剣だ。

隠すようなことではない。門衛にも正直に話したことだ。クナはナディの目を見て、ゆっくりと頷いた。

ナディの瞳《ひとみ》に、納得の色が浮かぶ。

「やっぱりそうなんですね。じゃあクナさん、森の中で若い男を見かけたりとかは――」

クナが目をぱちくりとしたときだ。

建物の外から、男性の叫ぶ声が聞こえてきた。

「見つかった。リュカが見つかったぞ！」

騒ぐ男の声と共に、複数人の足音が、地面を揺らして近づいてくる。

クナがちらりと見れば、それまで落ち着き払っていたナディが、こぼれんばかりに目を大きく見開いている。その口元の動きを、クナは見逃さなかった。

「……見つかったのね」

それでいろいろと、合点がいく。

人を見かけたか、と言いかけたナディ。それがリュカという人物なのだろう。

彼女の心配事はこれで解決しただろうと、クナは下ろしていたかごを背負い直した。

軽く頭を下げて言う。

「それじゃあ」

ナディは何か言いかけたようだったが、その言葉はクナには聞こえなかった。

入り口の階段を、若い男が息せき切って駆け上ってくる。

「ナディ！　リュカが！」

資料室というのを覗《のぞ》く予定だったクナだが、その一声を聞いたとたん、くるりと踵《きびす》を返して裏口へと向かっていた。

喜びに満ちた声は大きく、その後ろからもざわめきが聞こえてくる。おそらく二階にも声は届くだろう。こんな環境で資料とやらを読み込むのは難儀しそうだ。

それならばと、クナは思い立つ。

（まずは、服でも買うか）

予想していたよりも、薬草類が高く売れた。

森で拾った麻の服はだぼっとしていて目立つ。安いものでいいから、クナの身体に適した服に着替えるべきだろう。

まだ贅沢《ぜいたく》できるほどの稼ぎはないが、無一文のときよりずっとクナの足取りは軽い。

その口元はほのかに緩んでいる。ロイが甲高く鳴いて、石畳の路を率先して走りだした。

◇　◇　◇

小さな後ろ姿を見送ったナディは、眉間《みけん》に皺《しわ》を寄せていた。

彼女の目の前には、顔なじみの冒険者や子どもたちがぞろぞろ押し寄せている。全員の顔が喜びに輝いているが、立場上、ナディは彼らに注意をしなければならない。

「もうっ、お客様がいたのに……騒がしいわよ、あんたたち」

「お客様って、どうせ冒険者だろ」

ふんっと鼻を鳴らすセスは二十歳を迎えたばかりの、年若い冒険者である。

郊外に大きな耕作地を持つ、農民一家の次男坊だ。種まきや収穫時期には家族を手伝うが、それ以外の期間は冒険者をして小遣い稼ぎをしている。といっても、まだ一年目の新米だ。

丸みのある顔に、左眉《まゆ》を斜めに横切るような古傷がある。魔獣と戦った際に負った傷痕《きずあと》で、本人は勲章のように思っているようだが、やんちゃな印象が増すばかりだ。

「それで、リュカが見つかったのよね？　無事なの？」

「ああ。怪我もなく、自力でふらふらと森から出てきたんだ。少し話はできたが、疲れたみたいで寝ちまったから、ガオンがおぶって診療所に連れて行った」

ガオンというのはセスの冒険者仲間だ。前髪を長く垂らした、ひょろりとした男で、ぼそぼそと小さな声だがよく喋《しゃべ》る。今も、リュカの重さに文句を言いながら運んでいるのだろう。

二人とも、ナディにとっては近所の悪餓鬼である。昔から無茶ばかりして、心配ばかりかける困った弟たちだ。

彼らの三人目の仲間であるリュカについては事情が違うのだが、今ではリュカのことも世話の焼ける弟のようにナディは思っている。

そして三人のうち、最も無茶をするのがリュカという青年なのだ。

その名前は、ウェスでも広く知られているので、店内にいた冒険者の何人かが彼の無事を知って歓声を上げている。

誰もがリュカのことを心配していたのだ。それは彼の立場というよりも、人柄によるものが大きいのだろう。リュカが行方をくらましてから、どこか町の雰囲気は暗くなっていた。普段のウェスはもっと活気づいている。

リュカが姿を消したのは、四日前の朝のことだった。

どうやら森に向かったらしいと分かってはいたが、捜索隊を送り込むことはできなかった。犠牲者が増えるだけだと、領主から禁止令が出たからだ。

冷たい判断に思えるが、この地を長年治めてきた領主は、死の森の恐ろしさを誰よりも知っている。表立って異を唱える者はいなかった。

セスやガオンは領主を冷酷無慈悲だと罵《ののし》りながらも、毎日のように南門に通い詰めてリュカの帰りを待っていたのだ。

しかし誰も、リュカが無事に戻ってくるとは思っていなかった。ナディもそのひとりだ。せめて死体か身体の一部でも、何かの奇跡で取り戻せはしないかと考えていた。

安堵《あんど》の涙がにじみそうになり、ナディは目に埃《ほこり》が入ったふりをして目元を擦った。

「……領主様には？」

「他のやつが伝えに行ってくれたぞ」

「そう。でも、よく助かったわね。しかも怪我もないだなんて」

「それが、死の森に入ってすぐ魔狼に追われて、どうにか逃げ延びたんだが、今度は興奮した雄の魔猪に出会《でくわ》して死にかけたらしい」

ナディは呆然《ぼうぜん》とする。

「話が違うじゃない。大怪我を負ってるの？」

「いいや。リュカが言うには、森の中で会った人に助けてもらったって」

セスが早口でまくし立てる。

「それがすごいんだ。服についた血の量を見るに、どう考えても致命傷だったんだが、リュカの身体には傷ひとつ残ってなかった」

「……嘘でしょ？」

口を半開きにするナディに、「ほんとだって！」とセスが言い募る。運び込まれるリュカの姿を見たのか、床板の上を跳ね回っていた子どもたちも、うんうんとしきりに頷いている。

「あの出血量じゃ、初級ポーションじゃ回復しなかったと思う。いや、中級ポーションでも怪しいかも……通りすがりのその人は、もっと高価な薬を惜しげもなくリュカに使ってくれたのかもな」

仲間思いのセスは涙ぐんでいる。まだ見ぬ命の恩人に感激しているようだ。

「しかもリュカが目覚めたときには、見覚えのない洞窟《どうくつ》にいたそうだ。携帯鍋《なべ》とか調味料も落としちまってたみたいで頭を抱えてたら、なんと頭の横にサフロの実が置いてあったんだと。リュカはそれを食って見事、森を脱出できたってわけだ。恩人というか、聖人というか、っああもう、人生は捨てたもんじゃないな」

酔うと法螺《ほら》を吹くセスだが、その物言いは決して大袈裟《おおげさ》ではない。

二度も凶暴な魔獣に遭遇しながら生還したなどと、それこそ奇跡の領域だ。

——だが、死の森に通りかかったというその人物は、いったい何者なのか。

（聖獣様が、救ってくださったとか？）

古き森には、聖獣が住んでいたのだと言い伝えられている。

しかしその姿が最後に確認されたのは、まだ森が死の名を冠していなかった、遠い昔の話だ。

逆に言えば、聖獣の姿が見られなくなってから、森には野生の獣のなれの果てとされる魔獣が増え続け、凶暴化していった。つまり、聖獣が救ったわけではないのか……。

突拍子もないことを考えていたナディは、はっとする。

（違う、そうじゃないわ。さっきのあの子……）

どこか常人離れした佇まいの少女――クナのことを、思いだしたのだ。

クナが持ち込んだキバナは中級ポーションの材料で、このあたりでは滅多に採れない。もしかして死の森に入ったのではないかと確認したところ、クナはナディの目を見て頷いてみせたのだった。

しかし、どうやったらあんな幼い少女が、死の森で採集をこなせるというのだろう。

気にならなかったといえば嘘になる。だが、クナの目つきは傷ついた一匹狼に似ていた。群れで生活することを厭《いと》うのではなく、群れそのものを恐れるような怯《おび》えが、橙色《だいだいいろ》の目の奥にちらちらと見え隠れしていた。多くを訊《き》くべきではないと判断したのは、それゆえだ。

（これは本当に、もしもの話だけど）

リュカが戻ってくる直前に、クナは唐突に冒険者ギルドに現れた。

彼女の持ってきた薬草はどれも最高の品質だった。そしてセスは、リュカの負っていた傷は初級ポーションでは治せないものだと言った。

この奇妙な合致は、偶然で済ませられることではない。

（もしもあの女の子が信じられないくらい有能な魔法薬師であれば、リュカを治したのは……）

ナディの背に、震えが走る。

だがその静かな興奮は、急激に萎《しぼ》んでいった。

（って。あたし、あの子が魔法薬師かどうかも訊いてなかった……！）

ナディはがっくりとする。

平静なようでいて、普段より抜けている。自分もやはり、リュカが心配で仕方なかったのだと突きつけられるようだった。

――クナの今夜泊まる宿は分かっている。

だが、ナディはそこに無理やり押しかけようとも、彼女のことをセスに話そうとも思わなかった。

そうして一定の距離を置いたまま別れたことで、クナから好感を抱かれたということは、そのときのナディには知り得ないことである。

（いずれまた……そうよ。きっと、近いうちに会えるものね）

次にクナがギルドを訪れたときは、訊《たず》ねてみよう。そうナディは心に決めた。

「リュカが目を覚ましたら、しばらく狩りは休んで恩人を捜さないとな。ナディには悪いけど」

軽口を叩《たた》くセス相手に、ナディは腕を組む。

「心配しないで。あんたたちが何もしなくたって、ギルドは円滑に運営できてるから」

「なんだと！」

「またやってるよ」と、楽しそうな笑い声がその場にあふれる。ナディも破顔した。

とにかく今は、仲間が無事帰ってきた喜びを、みなで分かち合いたかった。

◇　◇　◇

それは、泥の中に埋もれていた意識がゆっくりと表面に浮き上がっていくような、そんな穏やかな目覚めだった。

目を開けたクナは身体を起こして、凝り固まった筋肉をほぐしていく。

「こんなに深く眠ったの、久しぶりだな」

よっぽど疲れていたのだろう。昨夜、部屋についてからの記憶がないが、魔獣の襲撃の心配もなく、屋根のある宿屋で迎える夜は、クナにとって安心に満ちたものだった。

薄いカーテンの隙間から入り込む光を、寝ぼけ眼でぼんやりと眺めていると、カーン、カーン、と二度、鐘の鳴る音が聞こえてきた。

「……朝じゃなくて、もう昼か」

身体の下で、ぎしりと寝台が軋《きし》む。カーテンを開くと、澄み渡った青空が頭上に広がっていた。

地上では人々がとっくに活動を始めていて、石畳の路を行き交っている。

昨日、服屋に立ち寄ったあと、クナは宿屋アガネに向かった。

二階建てのアガネは見るからに古い宿屋で、煙突があるのが特徴といえば特徴だった。数えると部屋数は二十ほどあったが、ほとんどの部屋が薄暗かった。ただし、人の気配はしていた。

裏手に回ると、厩舎《きゆうしや》と呼ぶにはあまりにぞんざいな造りをした掘っ立て小屋があり、つながれた馬や驢馬《ろば》が餌桶《おけ》に顔を突っ込んでいた。

「ロイ、ここで寝ろって言われるかもね」

「……………」

ロイは答えなかったが、どこか呆然とした眼差しで、糞《ふん》のにおいがする厩舎を眺めていた。

宿の受付は一階にあった。宿代の七百ニェカは前払いだ。

ロイについては、部屋に連れて行ってもいいが、小便をして床を汚さないようにと、年老いた亭主から厳しく注意された。

が、ロイが元気よく鳴いて、それが「あいわかった」というように正確な返事だったものだから、目を丸くしていた。クナは、おかしくて噴きだしそうになった。

借りたのは二階の一室だ。小さな部屋の戸を開くと、粗末な寝台と、一夜ももたないだろう小さな蝋燭《ろうそく》が置かれた燭台《しよくだい》が待ち受けていた。

まずは湯浴み場で汗を流そうと思ったはずなのだが、床に荷物を置き、試しに寝台に尻《しり》を乗せた瞬間から記憶がない。あのまま、気を失うように寝てしまったのだろう。

ロイは隣で丸くなっていた。くっついて寝ていたようで、クナは全身にじっとりと汗をかいている。

「ロイ、湯浴みに行こう」

とっくに目を覚ましていたのだろう。声をかけると、ロイはぶんぶんと頭を振るようにしながら起き上がり、床の上に飛び降りた。

前足をぐっと伸ばして大きく伸びをしている。爪が敷布に引っ掛からないようにしたのだろう。やはり恐ろしいくらい、賢い獣だ。

欠伸をするものだから、クナもつられる。目の端に涙がにじんだ。

着替えと手拭《てぬぐ》いを持って、一階奥の湯浴み場に向かう。

町湯の数は限られているらしく、アガネには入浴だけしに来る町民もいるようだ。宿泊客以外は、別途入湯料が三百ニェカかかる。

湯浴み場は男女で分かれている。女湯はまったく人気《ひとけ》がない。何かわけありでなければ、ひとりで宿に泊まる女はそうそういないし、男女で旅をするなら、こんな安宿は選ばない。人目がないおかげで、堂々とロイを連れて行ける。

脱衣所でクナはさっさと麻の服を脱ぐ。新しい服は買えたので、こちらは裾《すそ》を切って寝間着として使おうと考えている。生地が薄いから、これからの季節にはちょうどいい。

入浴用のガウンを着たクナの足元に、ロイがまとわりつく。湯浴み場から漂う湯気に反応しているのだろうか。死の森に温泉は湧いていないから、賢い獣も、湯浴みをするのは初めてだろう。

湯気を逃さないための両開きの戸を、クナはゆっくりと開け放つ。

周りは壁に沿って、クナの身長の倍以上はある高木に囲まれていた。湯気を絶えず浴びているからか、木皮の表面は一部が腐っている。

一度に十人くらいは余裕で入れるだろう、立派な湯殿だ。これを維持するために客室はぼろいのだろうと、クナは納得した。

覗《のぞ》き込む湯は澱《よど》んでいない。今朝方、湯を替えたばかりなのだろう。

たらいに湯をすくって、クナは身体にかける。

足先から、膝《ひざ》に。太ももから腹、胸にと、贅沢《ぜいたく》に湯を使っていく。

「ふわぁ……あったかい」

張り詰めていた糸が緩むように、気持ちが和らいでいく。

アコ村にはひとつだけ大衆浴場があった。三つの小さな浴槽が並んでおり、そこに腰かけて水で身体を洗うのだ。水は、桶に溜めた雨水を使う。小さな村では水が貴重だった。

店で稼いだ金のほとんどはドルフが持っていくので、クナは浴場に行くお金がなかった。だから三日に一度、濡《ぬ》れた布で身体を拭《ぬぐ》う程度だった。

（ばあちゃんに湯浴み場の使い方、教わっておいて良かった）

若い頃のマデリは、ウェスの他にも、いろんな町や村を巡ったという。その思い出話のひとつとして、湯浴み場のことを聞いたことがあったのだ。

クナは髪を濡らすと、ガウンのポケットからくすんだ青色の花を取りだす。

これはマーゴの花だ。マーゴという落葉樹は、春から晩秋にかけて、枝の先に大ぶりな花をつける。

この花弁を、水をつけた手のひらでこすり合わせると、ぶくぶくとした泡が生まれる。それで髪や顔、身体を洗うと、汚れがよく取れるのだ。湯浴みだけではなく、衣服を洗濯するときにも使える。沢で沐浴《もくよく》するときも重宝していたものだ。

クナはマーゴの花で全身を洗っていく。無意識にこぼれる鼻歌は、昨年の収穫祭で外から聞こえてきたものだ。

『外れポーションを作るお前なんて、祭りに参加する資格はないぞ』

ドルフにそう言われて、クナは村人が総出で行う収穫祭にも参加できなかった。お腹が空いて、ひとりで寝台に横になっていると、村人たちが広場で焚《た》き火《び》を囲んで歌う歌が、耳に入ってきた。マデリがいた頃は、クナもよく歌っていた。

ぱちぱちと炎が爆《は》ぜる音。収穫祭では、一年に一度のご馳走《ちそう》を大人も子どもも口に運ぶ。

クナだけは、自分の身体が空腹を訴える音を、暗い部屋で聞いていた。あの頃は空腹を紛らわすために鼻歌で、歌の切れ端をなぞっていた。

「——きゃん！」

急にロイが吠《ほ》えて、クナは驚いて動きを止める。

見下ろせば尻尾《しっぽ》を懸命に振っているロイが、跳ねた湯でびしょびしょになっている。

「はいはい。あんたも洗ってあげるから」

「クゥン」

自分の全身の泡を流してから、残りのマーゴの花でロイの小さな身体を洗う。

クナは土や泥のついた足を重点的に洗ってやった。毛はほとんど抜け落ちない。夏の時期になれば生え替わりのために、もっと抜けるのかもしれない。

お湯をかけると、ロイはうっとりとしている。それからぶるぶると身体を震わせ、湯を無造作に払った。自分が神秘的な狼であったことなど、忘れてしまったような振る舞いだ。

ぴしゃぴしゃと水溜《みずた》まりを踏むロイを尻目《しりめ》に、クナは湯船へと向かった。

足先が湯に触れるだけで、あまりの心地よさに声が漏れそうになる。胸をどきどきとさせながら、ゆっくりと熱い湯の中に身体を沈めた。

そっと尻を硬い岩の上に下ろすと、吐いた息が湯気のように白く染まる。

視界の悪い湯気の中だと、まだ、夢の中でまどろんでいるようだと思う。

「ふうぅ……」

目を閉じて、顔に両手を当てたクナはしみじみと呟《つぶや》く。

「良《い》い宿屋だ」

しばらくはこの宿を拠点にしようと、クナは決めたのだった。

◇　◇　◇

湯浴み場を堪能したあと、クナは外に出かけた。

昼間の日差しはまぶしく、湯冷めはしそうもなかった。

宿の通りから、東の商業区画へと入る。通りに看板が出ている店はひとつだけだ。

店の名前は『ココット』。看板にはパンの絵が描いてある。

「いらっしゃい」

揺れる呼び鈴の音より早く、扉の脇から中年の女が挨拶《あいさつ》してくる。パンを並べている最中だったようで、中腰の姿勢だ。恰幅《かっぷく》が良く、平べったい顔には陽気な笑みが浮かんでいる。

焼きたてパンの香ばしい香りが漂う店内を見回す。店の奥が工房になっているのか、そこからより甘く濃厚な匂いが漂ってくるようだ。クナはその魅力的な匂いを胸いっぱいに吸い込んだ。

購入したのは、底が平たく、細長いパンを二つと、バターに、瓶入りの牛乳を二本だ。宿屋で留守番をしているロイが牛の乳を飲むのかは分からないが、なんとなく飲むような気がする。

先ほどの女性店員が立ち上がり、エプロンの裾を直しながら会計してくれる。紙に包まれたパンを受け取ると、入り口から二人の子どもが入ってきた。

ちょっと身体の大きいほうが、駄賃を手にしている。母親におつかいを頼まれた兄弟だろう。

「ありがとう。またおいでね」

そんな言葉で見送られ、クナはパン屋を出た。

宿に戻ったクナは、ロイを連れて一階の調理場へと向かう。

狭い調理場には食堂が併設されている。木製のテーブルと椅子が並ぶだけの食堂だ。

アガネでは、客室で食事をとるのは禁じられている。食べ残しや食べかす対策だ。調理場を使わないにかかわらず、宿泊客は必ず食堂を使うように、と亭主は口を酸っぱくして言っていた。

そこでは二組の宿泊客が昼食をとっていた。それぞれ年配の男がひとりと、若い男三人。ちらっと観察すると、粥《かゆ》やスープ、買ってきたパンなど、簡単な食事内容のようだ。

彼らはクナを見て、足元のロイを見て、またクナを見て不思議そうに瞬いた。若い娘も小さな犬も、どちらにせよここでは珍しいのだろう。

調理場では竈を借りた。

灰に埋《うず》められた炭を火かき棒でかきだすと、クナは温まってきた鍋《なべ》にバターの塊を落とした。

バターがふつふつと焦げてきたところで、薄くスライスした魔猪の干し肉を放る。じゅうっ、と食欲をそそる音が調理場に響いた。

ロイはしきりに鼻を動かしながら、クナの足にまとわりついてくる。狼のときから炎を恐れる様子がなく、今も、ご馳走の気配に目を輝かせている。

「ごはん作るから、あっち行ってて」

「わんっ」

声をかけてみるものの、引く気はないようで元気な返事があった。クナと一緒に二食抜きだったから、腹が減っているのだろう。

干し肉からにじみ出た脂が、バターと絡まる。肉を裏返しつつ、クナは買ったばかりのパンの真ん中に包丁で切り込みを入れた。

食器棚から借りた皿にパンを載せる。ロイの分は、食べやすいように深めの皿だ。

火を止めると、木べらでこそぎとるように残りの焦げバターを取り、パンの切れ目部分に贅沢に塗りたくる。干し肉を三枚ずつ挟めば、完成だ。

（名づけて、魔猪肉サンド）

ロイのパンは三つに切って、皿に並べてやる。床に皿を置くと、ロイは待ちかねたように鼻先を突っ込んだ。どんどん、犬らしい行動が板についてきていると思う。

クナは自分の皿を手に、手近な椅子に座った。パンを両手で掴《つか》み、かぶりつく。

焼きたてパンの香ばしさと、芳醇《ほうじゅん》なバターに、魔猪肉の感触が蕩《とろ》けるように合わさっている。

最初の一口で、頬が落ちそうだった。落ちる前に二口目を食べて、心ゆくまで味わう。

「……うまい！」

思わず声に出す。

とにかくいいにおいがするものだから、他の宿泊客から羨《うらや》ましげな、もとい恨めしげな目で見られていたが、クナは気にせずもぐもぐする。ロイも、もぐもぐもぐと、嬉《うれ》しそうにご馳走を堪能している。

「ぷはぁ……」

最後の一口まで味わって、クナはよく冷えた牛乳で喉《のど》を潤した。

使った鍋と皿を洗って水切り場に置くと、クナはその足で受付へと向かった。亭主に宿泊期間の延長を申し出るためだ。とりあえずは一泊分の料金を支払った。

「さて、どうするか」

古びた階段を軋《きし》ませて上りながら、首を捻《ひね》る。

目的地としていたウェスには辿《たど》り着《つ》いた。ギルドで薬草を売っていくらか金銭を得たが、これっぽっちの収入で浮かれてはいられない。

服屋で服を、靴屋で靴を新調して、宿屋に一泊し、パン屋で買い物をして、もう一泊分を支払ったクナの手元に残るのは、三千四百ニェカである。

指折り数えてみる。

「乳鉢、乳棒、調合釜《がま》だってほしいし……」

身ひとつで森に追放されたクナには、育ててきた野菜畑や薬草畑もなく、長年使い続けてきた調合の道具もない。

それにポーションを売るには、雑貨屋などで小瓶も購入しなくてはならない。

はぁ、と溜《た》め息《いき》を吐いてしまう。

「優先するのは薬瓶かな」

まずは瓶を買い、ポーションを作り、それを売ってお金を稼ぐ。それを元手に道具を買い直すのだ。

身支度を調えたクナは、ロイを連れて一日ぶりに冒険者ギルドに向かった。

まだ昼間だというのに、飲み屋のほうががやがやと騒がしい。酒は時間外のため提供していないようだが、代わりに軽食が販売されているようだ。

魔獣狩りをする冒険者が中心のため、ほとんどが若い男たちだが、中には風格のある中年の男や、女性の姿もちらほら見られる。しきりに何かの話で盛り上がっているが、そこら中でわいわいと賑《にぎ》わっているので、なんの話かよく聞き取れない。

喧噪《けんそう》の中、クナはカウンターに目をやる。

(昨日の……ナディって人はいないか)

手前のカウンターには別の女性の姿があった。

目が合うと会釈してくれる。クナは彼女に近づいていく。

「すみません。ポーションを鑑定できる人は、戻ってきてますか?」

「いいえ、ギルド長はまだ隣町に出かけています」

(鑑定できる人って、お偉いさんだったんだ)

礼を言って離れる。

「なら、資料室を覗いてみるか」

先日見損ねた二階に目を向けたときだった。

クナの背後で、男の声がした。

「おい！　ちょっといいか?」

クナは立ち止まらず、足の先を階段に向ける。

「お、おい！　ちょっと待てってて！」

ぐいっと後ろから肩を掴まれ、クナは辟易《へきえき》しながら振り返った。

呼び止めてきたのは若い男だ。左眉《まゆ》に斜めに切ったような傷がある。

「なに」

クナは不機嫌そうに返事をする。まさか自分に声がかけられたとは思っていなかったのだ。

「おれはセスだ。ウェスで冒険者稼業をやってるんだが」

セスと名乗った男は、そこで言葉を区切る。

「あんた、見ない顔だな。どこから来たんだ？」

まじまじと無遠慮に顔を見られる。

不美人だと言いたいのだろうか。クナが至近距離から睨《にら》みつけると、セスは気圧されたように一歩後ろに下がる。

「まぁ、いい。訊《き》きたいんだが、優れた薬師……それか金持ちを知らないか？」

「知らない」

クナは素っ気なく答えた。

優れた薬師というのであれば、アコ村ではドルフが該当するだろう。だが、森を隔てた向こう側に薬師がいると伝えたところで、意味があるとは思えない。

「そうか。いや、急に悪かったな。おれの仲間が死の森から生きて戻ってきたんだが、誰かに助けてもらったって言うんだよ。おれはその人物を捜してるんだ。なんでも特別なポーションを持っていて、貴重な食べ物も分けてくれる聖人のような方でよ」

「そんなやついるわけない」

特別なポーションに、貴重な食べ物。そんなものを無償で他人に施す善人など、まさにクナとは無縁の人物だ。

（森で死にかけてたあの男にばったり再会できたら、すぐに代金を要求するのに）

今もクナは、たまにそんなことを考えているのである。

これは、そんなクナへの当てこすりか何かだろうか。

「それがいたんだって。善意の塊みたいなすごい人で――」

「だから、知らない」

聞いてもいないことを長々と語られては堪らないので、クナは出刃包丁でぶった切るように話を遮り、今度こそ二階へと向かう。

少し警戒したが、足音はついてこなかった。扉のない手前の部屋に、いち早くロイが駆け込んでいく。

「きゃん！」

混み合っていた一階と異なり、まったく人気《ひとけ》がない部屋だ。

一階よりも手狭に感じるのは、三方の壁をびっしりと本棚が埋め尽くしているからだ。これが、ナディの言っていた資料なのだろう。

本棚には装丁された本ではなく、何百枚もの紙を丈夫な紐《ひも》で縛ってまとめた束がいくつも入っている。紐には小さな木札が垂れ下がっていて、手に取って見てみると、内容について大まかにまとめられている。名札代わりになっているようだ。

「本棚ごとに項目が分かれてるのか」

魔獣の種類や、魔獣から採集できる素材については後回しでいい。

クナが目をやったのは薬草に関する束が詰まった本棚だ。薬草の買い取り価格についてのものを二つ抜きだして、テーブルに置く。

椅子に座ると、隣の椅子にロイが器用に飛び乗った。

さっそく紙束を開いてみる。黄ばんだ紙に手書きされた文字は、ところどころ掠《かす》れていて読み取りにくいところがある。

パン屑《くず》らしいものが挟まったページや、紙の端が破けているところもあった。気にせず、クナはぺらりとページを捲《めく》る。

記憶力はいいほうだ。それが薬草に関することならば、一度読めばたいていのことは頭に入る。

クナは次々と、薬草の買い取り価格を脳に刻む。最低価格から最高価格――これはナディの言った買い取り限度額と同額だ――を、隙間なく覚えていく。

「やっぱりキバナは、かなり高価なんだ」

死の森で手に入る薬草の中では、三番目に価格が高い。

しかしキバナばかりを採るわけにもいかない。死の森にはサフロの木がいくつも生えていて、さして珍しいわけではないが、当てずっぽうにさまよって魔獣の住処にでも踏み込めば命はない。だからといって、一箇所に留まって大量採集してはいけないのだ。

（薬草は、大地からの恵み。必要以上の量を一度に採ってはいけない）

薬師になると決めたとき、マデリから最初に教わったことだ。

薬草を採るときは、未熟なものや新芽は摘み取らない。必要なければ根はきれいに残し、なるべく土や他の植物を傷つけないよう、元の状態に戻す。

果実も枝ごと採ることはしない。その場所で長らく緑が繁茂するには、大切なことだ。

クナが欲に負けてキバナばかりを収穫すれば、森の生態系は少なからず崩れる。キバナに守られないサフロは虫に食われる……というように。

ばたん、とクナは紙束を閉じる。二つの紙束の中身は、すべて記憶できた。

効率的に稼ぐために、最も手っ取り早い道はひとつだ。

「広場で屋台を出そう」

資料室を出たクナは、階段から顔を出して、一階の様子を確かめた。

（さっきの男は、もういないか）

とりあえずほっとする。もう絡まれる心配はなさそうだ。

受付にまだ先ほどの女性がいたので訊《たず》ねてみたところ、臨時営業届については、商業区画にある商工会議所で手続きするものらしい。

クナは冒険者ギルドを出ると、大通りを左に曲がって商業区画に入った。

ついさっき買い物をしたパン屋の前を通り過ぎると、香ばしい匂いが鼻をくすぐる。匂いを記憶しているのか、ロイが看板の近くをうろちょろしたが、クナに寄る気がないと分かると残念そうに離れた。

「おっ」

クナは立ち止まる。というのも、パン屋の二軒隣が商工会議所だった。冒険者ギルドもそうだが、なるべく町の中央部に近い位置に構えているようだ。

外壁は明るい灰色、屋根は青色と、清潔そうな印象である。平屋建てで、奥に長い建物だ。

よく磨かれた大きな硝子窓からは、室内の様子が窺《うかが》えた。カウンターの数は四つと、ギルドより多い。

二つのカウンターは埋まっているが、他に待っている客の姿はない。

きちんと清掃された室内をもう一度、窓越しに見てから、クナは足元に向かって呼びかけた。

「ロイ、外で待っててくれる？」

「くぅん……」

「いいね」

不満そうな顔をする毛玉を置いて、クナは商工会議所へと入る。

「いらっしゃいませ」と爽《さわ》やかな挨拶《あいさつ》の声に迎えられる。カウンターに近づくと椅子を勧められた。

今まで座ったことのないくらい、ふかふかと柔らかいクッションが入った椅子だ。人目がなければ、クナは跳ねていたかもしれない。

屋台を出したいと伝えれば、すぐに話が進む。

「承知しました。臨時営業届を出すのは初めてでしょうか」

「はい」

男性職員が奥に下がり、分厚い本を持ってきてくれた。冒険者ギルドの二階で見た資料と異なり、きちんと製本されたものだ。

「しばらく読んでいてもいいですか？」

「もちろんどうぞ。ご不明な点がありましたらなんでもご質問ください。臨時営業届の白紙のものも、こちらに置いておきますね」

他に客がいないので、そのままカウンターに居座らせてもらう。

本を開き、文面に目を走らせるうち、クナは無意識に顎《あご》に手を当てている。

（なるほど）

ようは臨時営業届を出すのに細かな規則はないが、借りる区画の位置や広さ、露店や屋台の設備によって、貸借料が異なってくるようだ。予算的に、クナは露店を出すことになるだろう。

まず全面的に出店が禁止されているのが、ウェスの西側と南側。

西も南も住居の多い区画だからだ。人の住む家の前で商売できないのは当然だろう。

ちなみに中央広場には、定期市用の建物が設けられているのだが、週市の開催時のみ開放されるそうで、普段は使えないそうだ。次の週市は五日後なので、まだ先である。

となると残る出店候補はこの商工会議所がある東か、冒険者ギルドや宿場町のある北となる。

クナが選ぶなら、やはり宿場町のある北だろうか。きらびやかな雑貨や食べ物を売るならともかく、ポーションを売るには北側が向いているように思う。

冒険者ギルドに用がある冒険者や、宿泊客にも立ち寄ってもらえそうだ。それに北側区画は普段はあまり人気がないからか、貸出料金も安めでクナには手が出しやすい。

最初に売りだすならば、まずポーション一択だとクナは見ていた。目薬や風邪薬を露店で買おうと思う人間は少ない。薬屋があるのだからそちらで買うはずだ。

しかしポーションについては、一店舗では供給が追いつかず、不便に思う声も多いらしい。これは、ギルドや宿屋で耳にした情報だ。

（このあと、薬屋も覗《のぞ》いてみるか）

ページを捲ってみると、食品や飲料、薬品など、口に含むものを販売する場合は、事前講習会を受ける必要があると記載してある。

週一回は開催されていて、簡単な試験も行われる。壁に貼りつけられた縦に長い用紙に目をやれば、幸運なことに、今日このあとも予定されているようだ。

（私に必要なのは、講習会の参加認定証と、営業許可書の二つってことか）

講習会は受ければいい。営業許可書は、臨時営業届が受理されれば手に入る。

白紙の臨時営業届にも目を通すと、責任者の名前をはじめとして、具体的に営業する日付や、販売する商品の名称について詳しく記入するようになっている。開業届と異なり、翌日には審査結果が出るようだ。

そこまで目を通したクナは声をかけた。

「あの」

「どうされました？」

離れていた職員がすぐさま寄ってきてくる。

「今日の講習会に参加はできますか？」

「事前予約は不要となりますので、今すぐに会場にお越しいただければ大丈夫ですよ」

会場の場所を案内されつつ、クナは思う。

クナの作ったポーションは、アコ村でも受け入れられなかった。

（……これでもし、駄目だったら）

そのときは魔法薬師として生きる道を、諦《あきら》めるべきなのかもしれない、と。

第四章　初めての言葉

次の日の朝。

クナはパンとスープのみの簡単な朝食を終えて、商工会議所へと向かった。

昨日のうちに講習会は受けている。簡易試験も通過したあと臨時営業届を提出していた。問題なく許可は下りたそうだ。

渡された営業許可書を、クナは丸めて、紐でくるくると縛る。露店を出すときは、店先など、分かりやすい場所に許可書を提示することが義務づけられている。なくした場合、再発行に手数料を取られるので、気をつけねばならない。

クナは北側の宿場町前に小さなスペースを借りた。

三日間分の貸借料としては八百ニェカを支払った。三日以上から、割引が適用される。貯金は底をつく寸前だが、一か八かの賭《か》けであった。

設備は天幕ではなく、灰色の敷物だけだ。からりとしており湿気の少ないウェスだが、日中は気温が上がってくる。日除けのために屋台を借りたいところだったが、そちらは倍額がかかるので諦めた。

折りたたまれた敷物を両手に抱えて、クナは北の区画に足を向ける。直接、借りた場所に向かうのだ。

道すがら、何人かの冒険者とすれ違う。東門や西門、北門へと向かっているようだ。どの獲物を狩るか、どの素材を採集するかと賑《にぎ》やかに話しながら目の前をすり抜けていく。

クナは落ち着きなく、重い背負いかごを揺すりあげる。ロイがこちらをちらちらと見上げる。いつもは軽く声をかけてやるけれど、今のクナにはよく見えていない。

(必要な準備は、ちゃんと、できてるはず)

頭の中で反芻《はんすう》する。どこか勇み足になっている気がする。落ち着け、と言い聞かせるけれど、騒ぐ心臓はなかなか言うことを聞いてくれない。

昨日は講習会のあと、薬屋こそ閉まっていたのだが、雑貨屋で十本の薬瓶を買った。ポーションの容れ物として使うためだ。

購入した薬瓶をあとから確かめると、すべて黄色蓋《ぶた》で、クナは自分でもうんざりした気持ちになった。黄色い蓋を見るたびに外れポーションと蔑《さげす》まれた日々を思いだすというのに、癖というのは身体に染みついているらしい。

町中で火を熾《おこ》せる場所はないので、調合には宿の調理場を借りた。アガネの亭主には渋られたのだが、人のいない時間帯を選ぶと食い下がったところ、渋々だが許可をくれた。クナの必死さが功を奏したというより、ロイが何度も訴えかけるように切なげに鳴いたのが効いたのかもしれない。

クナは誰もが寝静まった深夜に寝床を抜け、調理場で初級ポーションを作った。おかげで睡眠時間が足りていない。

やることばかりで忙しないのに、ふとした瞬間、恐怖が背中をぞわりと這《は》う。心臓の音が、胸を内部から杭《くい》で突き破るように、何度も響くのだ。

クナの調合したポーションは、ウェスの人々に認めてもらえるだろうか。

考えながら、クナはぴたりと立ち止まる。アガネではない宿が所有する物置小屋の前だ。日差しを心配していたが、張りだした屋根が道に影を落としているので、あまり心配はなさそうだった。

詳細な地図を見せられ、場所は何度も確認している。ここで間違いないだろう。冒険者ギルドに近いほうが都合が良かったが、その一帯は貸借料が高くなるので、少し離れた場所を借りた。

遠目にいくつか、灰色の敷物や天幕が見えるが、近くに他の出店はない。

邪魔な小石をどかし、石畳の上に敷物を敷くと、四隅に荷物や石を置いて飛ばされないようにする。足裏が汚れているロイは、借り物の敷物には腰を下ろさず、小屋の脇に座り込んでいる。

クナは靴を脱ぎ、背負いかごから取りだした十本のポーションを並べていく。その最中だった。

「珍しい。露店でポーション売ってるぞ」

頭上に大きな影が差していた。

値踏みするような目を感じて、クナはぴくりと震えた。

「……いらっしゃい」

クナの声は、小さすぎて聞こえなかったかもしれない。

「買っていくか？」

「いらないだろ。『恵みの葉』で買えばいい」

ったた。

「そうだな、急ごう。また売り切れると困る」

二人の男は立ち止まることもしなかった。会話する声が、あっという間に遠ざかっていく。

そのあとも、何人かの冒険者が通りかかる。ちらりとポーションを見ては目を逸《そ》らされる。

商品の説明をしようとしても、苦笑して首を横に振られる。声をかける気力も、次第に萎《しぼ》んでいった。

そんなことを繰り返す間に——はぁ、とクナは深く息を吐いた。

膝《ひざ》を抱えて座り込んでしまう。売り子として相応しい態度ではないだろうが、顔が上げられない。

「……売れなかったら、また森に逆戻りだ」

ロイが元気づけるように、クナの細い肘《ひじ》を濡《ぬ》れた鼻で押すけれど、クナは顔を上げられない。

なるべく節約を試みたが、残りの所持金は千三百二十ニェカと、実に心許ない。

もし今日、商品がひとつも売れなかったら——と、クナは昨日からの考え事の続きを頭に浮かべるが、実はその可能性のほうがずっと高いことには、最初から気がついている。

分かっていて、認めたくないのだ。

(アコ村でさえ売れなかったポーションが、ウェスで売れるわけがない)

資源に乏しい村でさえ、村人たちに外れと呼ばれたポーション。

ウェスの住人や冒険者たちは、もっと目が肥えているだろう。ポーション不足が少し問題になっているからと、わざわざ出来損ないのポーションを買うような、奇特な人はいない。

思考は闇の中に吸い込まれるように落ちていくばかりだ。そうして、何度目か分からない溜《た》め息《いき》を吐いたときだった。

「――おっ！　ポーション売ってるのか？」

すぐ近くから、張りのある青年の声が聞こえた。

顔を上げると、金色に近い色をした髪の毛が目に入って――太陽を直視したような気になり、クナはまぶしげに目を細めた。

「……いらっしゃい」

なんとか、声を絞りだす。

クナは腰を浮かせると、膝を抱いていた手を動かし、一種類だけの商品を指し示した。

「初級ポーションを売ってます。一本三百ニェカです」

「これ、自分で作ったのか？」

クナはこくりと頷《うなず》く。そうなのか、と感心したような呟《つぶや》きが返ってくる。

青年は人を連れていた。それにしても、その中で彼の容姿だけが明らかに浮いている。

日差しの下で見ると、金色に光るように見える茶色の髪。

見上げるほど高い背丈に、逞《たくま》しく鍛え上げられた身体。太く凛々《りり》しい眉《まゆ》に、通った鼻筋。笑みに緩む形のいい唇。

身につける服は特別に高級品というわけではなさそうだが、どんな服もこの男が着れば一級品に化けるだろう。市井に混じることのない、あまりに輝かしい風貌《ふうぼう》だった。

しかし何よりも印象に残るのは、相手に警戒心を抱かせないまっすぐな瞳《ひとみ》だ。背後に広がる青空と、同じ色をした双眸《そうぼう》。人懐っこそうな目は無邪気な輝きを宿している。

背格好からして、クナより年上に違いないのだが、なんだか年端もいかぬ少年に店先を覗かれているような気分になる。

(何から何までまぶしい)

直視できず、クナはそぅっと顔を俯《うつむ》けた。

そこではっと目を見開く。青年が履いた革のブーツに、見覚えがあったのだ。

「あ……」

クナは思わず声を上げる。この男の正体が分かった。

(こいつ、森の中で死にかけてた馬鹿だ)

——という言葉を、クナはとっさに喉奥《のど》に呑《の》み込んだ。

もしかして、初めての客になるかもしれない相手だ。クナは黙って青年を見上げた。

すると、首を痛めそうになっていると気がついたのだろうか。彼はその場に腰を下ろし、自分の服が汚れるのも厭《いと》わずに、地面に片方の膝をついた。その動作は淀《よど》みがなく、美しかった。

ただの平民ではないな、とクナは直感する。顔の造形といい、挙措といい、青年はそれなりの名家の生まれと思われた。

思えば服装や小物ひとつを取っても、他の冒険者たちのような野暮ったさがない。どんなに砕けた言葉遣いでも、大衆の中に紛れようのない、生まれ持っての気品のようなものがある。

「商売中に邪魔しちまって悪いな。少し時間をもらえるか?」

人好きのする笑みを向けられて、警戒したクナはあからさまに顔を引く。

森の中で救った青年は無事ウェスに戻ってきたらしい。それはいいが、いったいクナになんの用なのか。

（まさか、森に放置してきたことを罵《ののし》られる？）

足手まといを洞窟《どうくつ》に置き去りにしたのは事実だが、クナとしては責められるいわれはないと思っている。

「……なに？」

「オレはリュカってんだ。このウェスで冒険者をやってる。まだ一年未満の駆けだしだけどな」

リュカと名乗った男が、からりと明るく笑う。

青空のように晴れ晴れしい、裏のない笑顔。そういう風に笑える年上の男がいることに、クナは少なからず驚きを感じる。

そのせいで、どこかで聞き覚えがあるその名について、記憶を辿《たど》る余裕がなかった。

「な、あんたの名前は？」

「……クナ、だけど」

気がつけば、クナはすんなりと名乗っていた。

「クナか。橙《だいだい》色《いろ》の花の名前だな」

「それで、何？」

「オレ、この前まで死の森に潜ってたんだ。そこで死にかけたんだが、誰かに命を救われた」

「…………」

「で、その命の恩人が、あんたじゃないかなと……思ってる。オレ以外に、最近森から出てきたのはひとりだけらしい。門衛に聞いた特徴とも一致してるし、オレが目を覚ました洞窟内に白い獣の毛が残ってた。そこの小犬の毛じゃないかと思ってな」

クナはすっと目を細める。思っていたほど馬鹿ではないようだ。

そういえばとロイを振り返ると、うつぶせの姿勢で座り込み、尾だけを控えめに振っている。

もともと、このリュカという男のもとに導いたのはロイだ。薬師であれば、重傷を負ったこの男を助けてみせろと言わんばかりだった。

だが、今はなぜだか我関せずという態度を貫いている。クナが呆《あき》れていると、リュカは焦れた様子もなく、のんびりと確認してきた。

「オレを森の中で助けてくれたのは、クナなのか？」

「そうだけど」

クナはあっさりと認める。隠し立てする理由もない。

リュカの顔が喜色にあふれる。反射的にクナは、犬を思い浮かべた。それも図体ばかりでかい、大型の犬である。

「やっぱり！　ずっと捜してたんだ、それじゃ――」

「おい、待てよリュカ」

そこに後ろから肩を揺さぶられて、リュカがきょとんと振り返る。

「そいつ、嘘を吐いてるかもしれないぞ」

そう言いだしたのは、先ほどからリュカの後ろに立っていた男のひとりだ。眉に特徴的な傷がある。クナに冒険者ギルドで話しかけてきた冒険者だった。

（確か名前は……セスだったっけ）

思いだしたくもなかったが、苛立《いらだ》ったクナは名前を記憶してしまっている。そして今も腹立たしさで、胃の底がむかむかしてきている。

「嘘って、セス……」

「私が、報酬ほしさに嘘言ってるって？」

何か言いかけるリュカの言葉を遮り、クナは冷たい声で返した。

鋭く睨《にら》みつけると、セスはたじろいだ。しかしここで引けないと思ったのか、顎《あご》に力を入れて前に出てくる。

クナの顔に指を突きつけて、セスは疑わしげに言う。

「だってあんた、おれが昨日質問したときは薬師なんて知らないって言ったよな」

「優れた薬師か金持ちなんて、知らないって言ったんだ」

そのどちらもクナには当てはまらない。

険悪に睨み合う二人の間に、慌ててリュカが割って入る。

「やめろセス。オレの恩人だぞ」

「まだ恩人と決まったわけじゃないだろ」

どうあっても、セスはクナを認めないつもりらしい。

身なりのいい男から金をせしめようとする悪人にでも見えているのだろうか。クナは名乗ったことを後悔しつつあった。リュカはともかくとして、彼の仲間に詰《なじ》られるくらいならば、知らない振りをするべきだったかもしれない。

しかも騒ぎが起こっているせいか、露店には誰も近づいてこない。みな遠巻きに、何事かとこちらを窺《うかが》っている。冒険者ではなく近隣住民の姿もある。

「あの子が、リュカの恩人なの？」

「奇跡のポーションを分け与えたって噂の」

「でもセスが、嘘かもしれないって」

ざわめく周囲を見回し、困ったように頭をかいたリュカだったが、名案を思いついたように「そうだ」と声を上げた。

「仲間が失礼なことを言って悪い。それと申し訳ないついでに頼みがある。オレにポーションを売ってもらえないか」

「……は？」

クナはぽかんと口を開けた。セスという男も、同じような顔をしている。

しかしリュカは溌剌《はつらつ》と言ってのける。

「森でオレを救ってくれたポーションの味、なんとなく覚えてるんだ。クナの作ったポーションをこの場で飲めば、味が比べられる」

「あれは……今売ってるポーションとは味が違うけど」

あのとき作ったのは、中級ポーションだ。

そこでリュカはにやりと笑ってみせた。クナを嘲笑《あざわら》う笑みではない。どこか得意げな、自信に満ちた笑顔だ。

「舐《な》めてもらっちゃ困る。冒険者はポーションの味にはうるさいんだ。誰が作ったものか、すぐに分かる自信があるぜ」

「いや、そんなのお前だけだろ……」

セスが呟くが、反対する気はないようだ。おそらく、リュカは豪語する通りに、ポーションの味の判別がつくのだろう。

(味というより、魔力水の違いかな)

魔力によって練り上げる魔力水は、個々人によって味やにおいが少し違う。

たとえば、クナの作りだす魔力水はほんのわずかに甘みがある。マデリのものは、舌に載せると少しぴりりとする。調合の過程で、判別できない程度に個性は薄らぐが、リュカはそれを敏感に感じ取れるのではないか。

どちらにせよ、ポーションを買ってもらえるならクナに断る理由はない。

「三百ニェカ」

「おうよ」

受け取った硬貨と引き換えに、クナは黄色蓋《ぶた》の薬瓶をリュカに渡す。

WEB発の才能がここに集う！ 四六判小説レーベル
カドカワBOOKS 10月の新刊
カドカワBOOKS 毎月10日発売！
世界樹を植えたら神獣が集まる領地が出来ました！
コミカライズ企画進行中！
スキル『植樹』を使って追放先でのんびり開拓はじめます
著：しんこせい イラスト：あんべよしろう
非戦闘系スキル『植樹』のせいで砂漠へ追放されてしまったウッディ。しかし、授かった能力は超規格外で——結界が張れたり、美味しい果実のなる樹や魔法属性の樹、ツリーハウスまで作り出せるチートなものだった！

聖女の魔力は万能ですⅡ
THE SAINT'S MAGIC POWER IS OMNIPOTENT
聖なる魔力が起こす、
新たな奇跡。
「聖女」セイの物語。
その終着点は――？
TVアニメ2期
2023年10月より放送中！
AT-X、TOKYO MX、MBS、BS11にて順次放送
ほか配信サイトでも配信予定！
アニメ公式サイトはこちら！ https://seijyonomaryoku.jp/
© 橘由華・珠梨やすゆき／KADOKAWA／「聖女の魔力は万能ですⅡ」製作委員会

毎月
10日
発売

10月刊行ラインナップ

ダンジョンと転移システムが実装！
レアがこれを
悪用しない訳もなく……？
ドラドラふらっと♭にて
10/19～コミカライズ
連載開始！ 作画：霜月汐

黄金の経験値 Ⅲ
特定災害生物「魔王」迷宮魔改造アップデート

著：原純　イラスト：fixro2n

姉と妹分とも協力し、二つの王国を手中に収めたレア。次なるお楽しみは、支配地域を持つプレイヤーに解禁されたダンジョン経営……だったが、レアの領域はどれも難易度カンストで人類側が寄りつかない魔境に!?

立ち上がったリュカが小瓶の蓋を外す。きゅぽん、と小気味よい音がして、その音が通りによく響くのを聞いたクナは、遅れて気がついた。

クナたちを取り囲むように立つ人々が、リュカに注目している。彼がどんな結論を出すのか、心待ちにしているように。

リュカは大勢の目線に臆《おく》することなく、首を反らすと、瓶の中身を口の中に入れた。

セスは固唾《かたず》を呑んで見守っている。

ごくごくと勢いよく飲み干したリュカは、やがて口元を拭《ぬぐ》う。

瞳には、明らかな喜びの色が浮かんでいた。

「……うん、間違いない。森の中で飲んだポーションと同じ味がする」

その言葉を聞くと同時、クナは片手を出していた。

クナの言うべきことは、ひとつである。

「分かったなら七百ニェカ、さっさと支払ってもらえる？」

そんなクナの一言に、リュカが目を見開き――。

周囲に、一気にざわめきが広がった。

「おい、七百ニェカって」

「あの薬師の嬢ちゃん、正気かよ⁉」

クナの言葉を聞くなり、一気に周囲が騒がしくなる。

クナは言い返したくなるのをぐっと堪え、唇を引き結び、伸ばした腕に力を込める。

不当な請求ではない。むしろ割り引いているくらいだ。

（中級ポーションは、一本七百ニェカが一般的な価格だ）

クナが森の中で作った中級ポーションの量は、瓶三本分程度はあった。それをすべてリュカに飲ませたのだから、本来であれば三本分の料金を要求してもいいくらいなのだ。

「こっちにも生活がある。先に言っておくけど、値下げには応じない」

覚悟を示すように、そう付け足す。

リュカは返事をしない。自分の伸ばした指先が小さく震えているのを、クナは見つめる。上背のあるリュカの胸元までしか、視界には入らない。

見上げられないのは、その表情を見たくなかったからだ。

非難するように、軽蔑《けいべつ》するように見られているのを、知りたくなかったからだ。

（……今度は、なんて言われるかな）

『あんなものに金を出せるわけないだろう。商品棚からどかしてくれ』

『外れポーションを受け取ってやるんだ、むしろこっちがお金をもらいたいくらいさ』

『こんなに安くてお得なのにちっとも売れないだなんて、あたしだったら恥ずかしくて死んじゃうかも』

『ばあさんはどうしてお前みたいな役立たずを拾ってきたんだか！』

アコ村でかけられた言葉の数々が、たった今目の前で吐かれたように耳の中を木霊する。

先ほどまでは太陽のように笑っていた男――リュカも、きっと、似たようなことを言う。金を払うほどの価値を、クナのポーションに見出さないだろう。

「――いや、七百ニェカはあり得ない」

思った通り、冷たい否定の言葉が頭上から聞こえてくる。

（……ああ、やっぱりね）

クナの口元は、すべてを諦《あきら》めたような卑屈な笑みに歪む。

しかし、続く言葉はまったく思いも寄らないものだった。

「駄目だぞ、そんな控えめなこと言ってちゃ。それで金なんだが、本当に悪い。恩人に渡そうと思って全財産を持ってきたんだが、十万ニェカしかないんだ」

「…………え？」

クナの視界に入ってきたのは、大きく膨れた布包みだった。

中から、じゃりりん、と硬貨がぶつかり合う大きな音が響く。

十万ニェカといったら大金だ。庶民なら、軽く二か月くらいは悠々自適に過ごせるだろう。

クナは呆然《ぼうぜん》と包みを見下ろして、それから顔を上げた。

リュカは眉根《まゆね》を寄せて、心底、申し訳なさそうな顔をしていた。

「だけど、もっと金を貯めてちゃんとお礼をする。命の恩人にこれぽっちで済まそうなんて思っちゃいないから、安心してくれ。……ってそうだ、まだちゃんと礼も言えてなかった！」

全財産が入っているという布包みから、手を離すと。

リュカは、クナに向かって深く頭を下げた。

「ありがとう！」

彼が言い放ったのは、短い感謝の言葉だった。

クナはきれいなつむじを見下ろす。リュカはすぐに顔を上げると、顔全体で破顔して、クナの肩を掴《つか》んだ。

強い力がこもっている。だがその手からは、全身からあふれ出る謝意が伝わってくるかのようで、クナは振り解《ほど》くことができなかった。

「あんたのおかげで助かった。すげえ叱られたけど、家族と仲間と、町のみんなと生きて再会できた。あんたは――クナはオレの、命の恩人だ」

「……え、あ」

「助けてくれてありがとうな！　本当に、本当にありがとうな！」

何も言えないまま、ふいに、クナの視界が大きく揺れる。

目の奥が熱くなり、白く、景色がぼやける。不思議に思って、クナは何度か瞬きをしたが、視界は回復するどころか、ますますよく見えなくなっていく。

どうしてだろう。視力が落ちたのか。しかし、それにしても脈絡がなく、急すぎる。

不安になるクナに、輪郭さえぼんやりと明瞭《めいりよう》でないリュカらしき影が、焦ったように声をかけてくる。

「ご、ごめん、びっくりさせちまったか？　泣かせるつもりじゃなかったんだ……」

（え？）

その言葉をきっかけに、クナは、自らの頬に手を当てる。

そこは濡《ぬ》れていた。目尻《めじり》からこぼれる涙が筋になり、頬から顎に伝い落ちていたのだ。

（……私……泣いてる？）

自覚しても、涙が次から次へとこぼれていくのを止められず、クナは慌ててもう一度俯《うつむ》いた。

自分でも、信じがたいことだと思う。

だって、人前で泣くのなんて何年ぶりだろうか。

マデリが亡くなったとき、作ったポーションを逆上した客に投げつけられたとき、辛いことがあるたびに幼い日のクナは泣いた。

いつしか涙は涸《か》れていった。だけれど、乾いた胸の真ん中を穿《うが》つように、リュカの言葉が広がっていく。

飾り気のないたった五文字の言葉。それだけのことなのに、胸の奥底から熱いものが込み上げてきて、それが涙に変わっていく。

今さらのようにクナは知った。

根源的な願い。クナがずっと、追い求めていたものを。

（ずっと、私……ありがとうって、言われたかったんだ）

死の森でマデリに拾われて、最初はただ、生活に役立つ薬の知識を身につけたいと思った。

しかし薬屋を営むマデリは、毎日、たくさんの薬草を育てては調合し、薬にして人々に売っていた。

マデリのように誰かを助けて感謝されるような、立派な薬師になりたい。いつしかクナは、そんな希望を胸に抱くようになっていたのだ。

(私は、その言葉が、ずっとずっと、ほしかったんだ……)

リュカがおろおろしている。俯いたクナの涙は石畳にぽたぽたとこぼれるばかりだけれど、それこそ顔を上げたら、嗚咽《おえつ》も堪えられなくなってしまうから、懸命に歯を食いしばっている。

声もなく泣くクナの前で、リュカは焦り続けていた。

「ごめんな。これじゃぜんぜんお礼にならないよな。恩知らずすぎて本当にごめんな、泣きたくなるのも当たり前だよな……!?」

違う。そうではないのだと伝えたいのに、痙攣《けいれん》するように震える喉《のど》からは言葉が出てこない。

「そうだセスっ、金を貸し――いやいやいや、駄目か。仲間でも金を借りるのは御法度、がオレらの約束だもんな。うああ、どうすれば……」

「馬鹿言うなリュカ！」

すかさずセスが怒鳴る。

先ほどまでクナを疑っていたセスだ。そもそも十万ニェカなんて大金を払うべきではないと叱り飛ばすのだろう。クナはそう思ったけれど、セスの声は掠《かす》れている。

「お前の命の恩人だ、おれたちにとっても大恩人に決まってるだろうが。疑っちまった詫《わ》びもある、いくらでも出すぞ！　ガオン、お前もあるだけ出せ！」

「なんで僕まで？　まぁいいけどさ」

「つぅかみんなも貸してくれ！　もちろん、できる限りでいいからな！　このリュカを救った凄腕《すごうで》の魔法薬師殿に礼がしたいんだ！」

それまで黙って見守っていた見物人たちも、顔を見合わせて頷《うなず》き合う。

「当たり前だ。リュカを助けてくれた人だもんな」

「七百ニェカだなんて、謙虚な薬師さんもいるのねぇ。驚いちゃったわ」

「リュカの兄ちゃん、おれの小遣いも足しにしていいぞ！」

「わたしのもー！」

わいわいと盛り上がる中、遠くから女性の怒鳴り声が響き渡った。

「あんたたち、何やってんの？　って、ちょっと……クナさん泣いてるじゃないの！　どういうことよ、あんたたちが泣かせたの⁉」

「げっ、ナディだ。うるさいやつが来ちまった」

セスがぼやいたかと思えば、リュカが頭を下げて叫ぶ。

「ナディ、この通りだ。オレに金を貸してくれると助かる！」

「ふざけんじゃないわよ。まずどういうことか説明しなさい！」

騒がしい言い争いの中。

立ち上がったロイが、だらんと垂れ下がるクナの手のひらをぺろぺろと舐《な》めた。幼子をあやすように、何度も、何度も。

それでもクナの涙は、しばらく止まらなかった。

◇　◇　◇

あのあと、急に空が暗くなり、ぽつぽつと雨が降りだしたのもあり、クナは早々に店を畳んだ。

雨が降らずとも、公衆の面前で泣き顔を晒《さら》した気まずさで、宿屋に逃げていたことだろう。そんなクナに、ナディはきれいなスカーフを貸してくれた。「雨に濡れるから」と理由を口にしていたが、実際は、周囲からクナの顔を隠すためだったのだと、少し経ってから気がついた。

狼狽《うろた》えるばかりの男衆三人を、ナディは睨《にら》みつけて威圧すると、ポーションと営業許可書をさっさとかごに入れて背負い、クナの手を引っ張った。

泣き疲れてぼうっとしていたクナは、ただ引かれるままについていく。どこに行くのかと思いきや、着いたのは冒険者ギルドである。

ナディの行き先は職員の控え室だという部屋だった。

明かり取りの窓がある部屋だが、分厚い雨雲に遮られた空から日光は差し込まず、室内は昼前だというのに薄暗い。

ナディは火打ち石を使い、壁にぶら下がるランプに火を灯した。炎魔法が使えないのだろう、慣れた手つきだった。

ほっとする穏やかな光が室内を照らす。クナは、鼻腔をくすぐる独特のにおいを感じ取った。

（燃料に使っている植物油、ヤンの実だ）

ヤンの実という褐色の実から抽出される油は、比較的安価で手に入る。この実から作る油は、甘いにおいがする。

どこか焼き菓子のように香ばしいから、このにおいを嗅《か》ぐとお腹が空いたと騒ぐ子どももいる。幼い頃のクナは誤って口に入れて、胃をひっくり返す勢いで吐きだしたことがあった。

照らしだされた部屋には、横に長いテーブルに、それを囲むように三脚の椅子、壁際に本棚と暖炉があった。煉瓦《れんが》造りの暖炉に薪は入っておらず、灰はしっかりと片づけられている。

赤い目で何度も瞬きをするクナを座らせると、その両手に、ナディは手拭《てぬぐ》いをそっと置いた。

「これ、よかったら使って。目元に当てるといいわ、そのままじゃ腫《は》れちゃうから」

お湯に浸して、絞ったばかりなのだろう。温かさに、ぼうっとしていた意識が定かになっていく。

もう一枚、こちらは乾いた手拭いで、ナディはロイの濡れた身体を丁寧に拭《ふ》く。きゃん、とロイは礼を言うように一鳴きした。

背負いかごまで簡単に拭き終えると、ナディは立ち上がった。

「クナさん、ちょっとここで待っててくれる?」

返事をする間もなく、部屋を出て行く。

きびきびと動く彼女を見送ったクナは、天井を見上げると顔に手拭いを載せた。

ほんわりとした温かさが目元から広がっていき、クナは詰めていた息を徐々に吐きだす。意識してゆっくりと呼吸を繰り返している間に、騒がしかった鼓動が、次第に落ち着いていった。

クナは手拭いを取り、しぱしぱとする目をしばたたかせた。

頭の中心が熱を発するように痛む。泣きながら、ひどく歯を食いしばったせいだろうか。そうしなければ、嗚咽を我慢できなかったのだ。

「きゃんっ」

身を屈めて、足元にまとわりつくロイの頭を撫《な》でてやる。白い毛は湿り気を帯びている。

「ごめんね、お待たせ」

戻ってきたナディは、両手に盆を載せている。

テーブルに、ナディは木でできた皿とスプーン、温めた牛乳が入ったカップを置いた。

クナが湯気を出す皿に気を取られていると、ナディは少し冷たくなってきた手拭いをクナの手から取り、さっさと持って行ってしまう。

（……あ、お礼）

とクナは思い出したが、そのときにはやはりナディは退室していた。

またしばらくして戻ってきたナディが、クナの正面の席に腰を下ろす。視線に気がつくと、顔いっぱいでナディが笑った。

「蜂蜜《はちみつ》がけオムレツよ。さっき飲み屋の厨房《ちゅうぼう》で作ってもらっちゃった。……あたしの大好物なの」

クナより年上だろう彼女の笑顔は、カウンター越しに見たものより幼げだった。

ナディとオムレツとの間で、クナの視線はさまよう。ナディは頬杖《ほおづえ》をつき、優しく微笑んだ。

「お詫びだと思って、良かったら温かいうちに食べちゃって」

「お詫び？」

クナは顔を赤くした。自分の声が掠れていたからだ。

ナディは笑ったりせず、快活に説明してくれる。

「さっきの三人組、あたしの弟分なの。血はつながってなくても、弟の不始末は姉がなんとかしないとね。……ほらほら、食べちゃって。お腹空いてるでしょ？」

その言葉に促されるように、クナはスプーンを持ち上げる。

黄色よりも橙色《だいだいいろ》に近い、濃厚な色合いのオムレツだ。丸く膨らんだ表面にとろりと惜しげもなく蜂蜜がかけられている。

こくり、と唾《つば》を呑《の》み込んだクナは、スプーンの先でオムレツを切り分けた。卵が畳まれた切れ端は少し焦げていて、それがまた、なんとも食欲をそそる。

口に含んで咀嚼《そしゃく》すると、クナの口元は自然と緩んでしまう。

「おいしい」

「でしょ？」

「これ、魔鶏の卵？」

「あら、よく分かったわね。魔鶏の卵を三個も使ってるの」

養鶏が生む卵の、倍の大きさの卵だ。冒険者が魔鶏の巣から、そうっとくすねてきたと言う。

クナはスプーンに載せたオムレツを目線の高さに持ち上げる。

「それに、チーズが入ってる」

「そう！　チーズ入りオムレツなの。チーズの酸味と蜂蜜の甘さが合うのよねぇ」

いつの間にかお互いに、口調が砕けている。

クナはふくふくとしたチーズオムレツを、熱いうちに食べてしまった。

雨に濡れたせいか、全身が思っていた以上に冷えていたのだと、食事をして思い至った。ナディはここに来るまでの間、クナと手をつないでいたから、冷えに気づいて温かい食事を振る舞ってくれたのだろう。

クナがカップをテーブルに置くと、ナディが空になった皿を片づけていく。その姿を見ていて、クナはふと思う。

(もし、私に母親がいたら……)

こんな感じ、なのだろうか。

マデリは師であり家族だったけれど、母親という感じではなかった。

視線に気がついたのか、ナディと目が合う。笑いかけられると、クナは思わず俯いてしまう。

ナディはクナより年上だろうが、指輪も着けていない未婚の女性だ。母親のように錯覚したなどと知られたら、不快に思われるに違いない。それでもその微笑みに、心が安らぐのを感じた。

膝《ひざ》に手を置いて、クナは丁寧に頭を下げた。

「……ナディ、さん。ありがとう」

「どういたしまして。それと、ナディでいいわ。冒険者はみんなそう呼ぶから。その代わり、あたしもクナって呼んでいい？」

顔を上げたクナがおずおずと頷くと、ナディが目元を緩ませる。

「それでクナ。どうする？　さっきの十万ニェカは受け取るの？」

考えるまでもなく、クナは首を横に振る。

リュカと一緒にその場に置いてきた十万ニェカ。惜しいという気持ちがないでもないが――。

「お金は必要だけど、不当な請求をするのは薬師じゃないから」

中級ポーション三本の報酬として、十万ニェカなんて大金は受け取れない。それがまかり通るなら、魔法薬師ではなくただの詐欺師だ。

「でも人の命を救ったわけだし、安いお礼なんじゃないかしら」

「それはただの結果だし」

クナは調合した中級ポーションを飲ませただけなのだ。

「受け取るとしても、二千百ニェカ……」

言いかけて、クナは思いとどまる。

そうだった。あの青年――リュカには、サフロの実をひとつ分け与えてやったのだ。

（まぁ、マントを破いて使わせてもらったし、塩も勝手にもらったけど……）

そちらについては誰にもばれていないようだし、触れないでおこうとクナは思う。言わないほうがいいことも、世の中にはあるのだ。

「二千五百ニェカはもらいたいけど」

サフロの実は、限度額で四百ニェカである。

「クナがそう言うなら、あたしが口出しすることじゃないわね」

ナディは相変わらず、クナには何も訊《き》いてこない。何か事情があると悟っているはずなのに、無理やり聞きだす気はないようだ。

そんな人物なら、クナが身の上話を語れば、きっと真剣に耳を傾けてくれるのだろう。そう自然と思えたが、クナは自分のことを話す気にはなれなかった。

(それに犬に毒を盛って、村を追いだされた薬師なんて)

シャリーンの企みだったとはいっても、それをナディが信じてくれるかは別の話だ。信じたとして、疑いが残ることもある。ウェスで生きていくには、過去は隠しておいたほうがいい。

沈黙を嫌って、クナは口を開いた。

「そういえば、あのば——リュカって人は、どうして森に?」

「ああ、あの馬鹿ね」

クナは一応、言い直したというのに、ナディはあっさりと口にする。

しかしそのあとは、少し言いにくそうに続けた。

「母君が病を患っていてね。隣町や王都で知られた名医を呼んでも治せなくて、不治の病じゃないかって言われたそうなの。だからリュカは死の森に生えると言われる、万病に効く幻の薬草をひとりで探しに行ったんだけど……」

「幻の薬草?」

興味を引かれたクナは目を光らせたが、肩を落としているナディは気がつかなかったらしい。

彼女は気を取り直したように顔を上げると、微笑んだ。

「そういえばクナは、露店を出すことにしたのね」

「うん。明日と明後日も同じ場所で」

ナディは、クナの肩を優しく叩《たた》いた。

「いいと思うわ。今日は午後から仕事だから、ギルドでも宣伝しておくわね」

「……ありがとう」

「たくさん売れるようあたしも祈ってるわ」

その言葉には、クナも大いに頷《うなず》いてしまう。

窓の外では、雨が激しさを増し、雨粒に叩かれた窓が揺れている。

春の嵐というほどではないが、風も出てきたようだ。これでは、今日はもう店は出せそうもない。

(明日こそは、ポーション売れるといいんだけど)

そう、しみじみと思う。

そのときのクナは——もちろんナディも、翌日どんな騒ぎが起こるかなど、想像だにしていないのだった。

第五章　聖女の再来

雨は夕方近くまで降り続けたが、雨粒は寄り集まって水路に流れていったのだろう。翌日は朝から気温が高いのもあってか、路面はきれいに乾いていた。

クナは今日も店を出す。なんとなく、リュカたちが待ち構えているのではないかと思ったが、彼らの姿はなかった。

（ナディが、なんか言ってくれたのかも）

騒がしい彼らが店に現れれば、商売どころではなくなると言い含めてくれたのかもしれない。しかしクナには残念に思えた。

敷物の上に座ったクナは、売り物のポーションを並べる。昨日リュカに一本だけ売れたので、今日は深夜に追加で六本分を調合した。あわせて、十五本だ。

整然と並ぶ黄色蓋《ぶた》の群れ。腕組みをしたクナは、首を捻《ひね》った。

「……さすがに多すぎ？」

「わん」

ロイが鳴く。クナを諌めているのか、背中を押しているのか、判断のつかない声である。

追加した薬瓶代もあり、所持金はすでに底をついている。

「リュカって人、来てくれないかな」

だからこそクナは、強く思わずにいられない。リュカの来訪を、心待ちにせずにいられないのだ。

――というのも、色気のある理由からではない。

「二千五百ニェカ、早く払ってほしいんだけど」

クナの場合はもっと切実であった。

「……わん」

次のロイの鳴き声は、哀愁を含んでいた。

クナは胡座《あぐら》をかいて、人が通りかかるのを待つ。結局、今のクナにできるのは辛抱強く客の訪れを待つことである。

願いが通じたのか、真向かいの宿の出入り口がにわかに騒がしくなる。宿泊客が出かけるようで、複数の人の話し声が聞こえる。

（観光客か、冒険者か）

果たして現れたのは、四人組の若い男だった。

そのうちの二人が、小さな出入り口が詰まらないようにか、先に外に出てくる。すかさずクナは声をかけた。

「いらっしゃい」

顔を向けてくる彼らの服装や装備を、クナは観察する。

全員が動きやすそうな格好に、盾や革鎧《よろい》を装着している。冒険者の一団だろう。

町の外に出るということは、魔獣の生息する土地で、命の危険を伴いながら活動するということだ。パーティーを組むのは、冒険者には珍しくない。リュカも三人で組んでいるようだった。

つまりポーションを売るのに、絶好の相手だ。

「初級ポーションです。ぜひ見て行ってください」

クナの呼び込む声に対し、ひとりの男が噴きだした。

「おいおい、やめてくれ」

どうやら、この男が頭目らしい。他の三人も笑いだす。下卑た笑い声が、大通りに響いた。

「俺たちは王都で名を馳《は》せた冒険者だぞ。これから死の森に腕試しに行くっていうのに、露店で売ってる粗悪なポーションなんざ買えるかよ」

吐き捨てた男が近寄ってくるなり、敷物に並べた瓶のひとつを蹴飛《けと》ばした。

倒れた瓶に当たり、もう二本が巻き込まれて倒れる。保護魔法のおかげで瓶が割れなかったのが、不幸中の幸いだった。

（荒っぽいやつらだな）

クナは思うだけで言い返さなかったが、ロイは全身の毛を逆立たせて威嚇する。鋭い牙《きば》を剥《む》きだしにした威嚇には、小犬とは思えぬ迫力があり、冒険者たちがたじろいだ。

「この、くそ犬……」

「は、早く薬屋に行きましょうよ」

悪態を吐いた四人が去って行く足音を聞きながら、クナは倒れた瓶を並べ直す。

（粗悪なポーション、か）

アコ村でも同じような目を向けられ、同じような言葉をぶつけられた。

しかしそれも、ずいぶんと久しぶりのように感じるのは、昨日の出来事があったからだろう。温かな感謝の言葉を、抱えきれないくらいに浴びたからだろう。

それにリュカはクナのポーションを高く評価してくれたが、自分の実力を過信するつもりはない。

この数年、クナの調合した初級ポーションは外れと呼ばれてきた。たった一度の成功で調子に乗らないようにと、気を引き締める。

「……がんばらないと」

クナは珍しく、卑屈な言葉を呟《つぶや》かなかった。足蹴《あしげ》にされたくらいで、怯《ひる》んではいられないのだ。

ぎゅうと薬瓶を握り締めるクナに、一部始終を見ていた二人の主婦が近づいてきた。

「大丈夫だった？」

「大変だったねぇ。あいつら、昨日も飲み屋でちょっとした騒ぎを起こしたんだ。死の森に行くなんて、やめときゃいいのにね」

そうですね、とクナは淡々と頷く。

「小犬にびびってちゃ、先が知れますよね」

「きゃんっ」

クナが呟き、ロイが「その通り」と言わんばかりに鳴く。

主婦たちは顔を見合わせると、おもしろそうに笑った。

「本当にそうだねぇ。あっ、ポーション一本、売ってくれるかい？」

「……まいど」

同情心からでも、買ってもらえるならありがたい。

そのあとも、ポーションはぼちぼちと売れた。本当にゆっくりとした速度だったが、売れ続けて、昼前には残り五本になっていた。

なんと、合計して三千ニェカの稼ぎである。クナは何度、口元をむずむずさせたか分からない。

その頃には、リュカがやって来るのは、別に明日でもいいやと思っていた。

だが、自分のポーションが売れる喜びと共に、クナは背筋を薄ら寒いものが撫《な》でるような感覚を味わっていた。いざポーションの効能を確かめた客が、怒鳴り込んでくるかもしれないからだ。

アコ村では何度も同じようなことがあった。そのたびクナは、頭を下げて謝るしかなかった。許してもらえるまで、床にへばりついて謝り続けていた。

(自分では、ちゃんと調合してるつもりだけど)

いつだってクナは一心不乱に調合に取り組んできたが、結果は惨憺《さんたん》たるものだった。

悪い想像を振り払うように、クナは自身の肩をぽんぽんと払う。付着していた砂が、ぱらぱらと落ちていった。

「そろそろ、お昼にするか」

うたた寝していたロイが、ぴくっと耳を動かす。お昼という単語に反応したのかと思いきや、違った。

――間もなくして怒号のようなものが、クナの耳を掠《かす》めたのだ。

◇◇◇

四人の男は、もともと王都を中心に活動する冒険者だった。

国の都としても、交易の中心地としても栄える土地には、各地から冒険者が集う。そこで男たちは、多くの冒険活劇を繰り広げてきた。

奈落《ならく》のような崖《がけ》の下、海辺の不気味な洞窟《どうくつ》、神秘の力が色濃い林、幻覚に惑わされる霧の丘……数多の困難をくぐり抜けて、死線を掻い潜り、今まで第一線で活躍してきた。

ときにはギルドから直々に護衛依頼を受け、貴族の当主や美しい令嬢を守って森や沼地を駆け抜けたこともある。酒場で声を張り上げて武勇伝を語れば、誰もが夢中で聞き入り、手を叩いて賞賛した。

だから四人が、その地に興味を持つのは必然だったろう。

………命惜しくば、死の森には近づくな。惜しからずとも、死の森には踏み込むな。嘆く家族は、お前の骨さえ拾えない。泣く寡婦は、湖のほとりで粗朶《そだ》を燃やす、粗朶を燃やす………

平民に親しまれる歌のひとつに、こんな歌詞がある。

ここに歌われる死の森とは、ウェスの南方に大きく広がる森を指す。

無事に生還した者は、片手の指の数より少ないとされる魔の森。かつて聖獣が住んだ森は、今や強力な魔獣の巣窟《そうくつ》と化している。

しかし、だからこそ、四人の男は死の森への挑戦を決めたのだ。誰もが頓挫《とんざ》し、尻尾《しっぽ》を巻いて逃げたこの試練を、自分たちならば乗り越えられる。その自負があった。

そう、何も森を舐《な》めてかかっていたのではない。それどころか慎重の上にも慎重を期して、時間をかけて入念な準備に取り組んだのだ。

王都では名の知れた店で、魔獣の硬い肉を貫く剣や槍《やり》を、身を守る盾や革鎧を新調した。

日持ちのしないポーションだけは、ウェスの薬屋で買い揃えた。ひとり五本ずつというじゅうぶんな量だ。常の冒険ではひとり二、三本とするのだが、死の森に入るのだからと、念には念を入れた。

それぞれ、背負った荷に瓶を入れる。動きを制限しないよう、しかしすぐに取りだせるよう帯革や腰のベルトに吊《つ》り下《さ》げる者もいる。

何一つとして不足はなかった。南門を越えた男たちは拳《こぶし》を突き合わせて、笑顔で頷《うなず》き合った。

また、新たな冒険と伝説が始まるのだと、全員の目が誇らしげに輝いていた。

（……その結果が、これか？）

骨が折れ、だらんと垂れ下がるだけの腕を押さえて、四人のうち最も若い男は呆然《ぼうぜん》としていた。

男たちを出迎えたのは、一頭の魔猪だった。

これがただの魔猪であったならば、戦闘態勢を取り、勇ましく向かっていくことができただろう。

だが、そんなことはできなかった。

のっそりと現れたその偉容を、四人は口を半開きにして見上げるしかなかったのだ。発した言葉はなかったが、一目見て、全員が思ったことだろう。

——でかすぎる。

鼻息荒く昂ぶる魔猪の図体は、彼らが知る魔猪の優に二倍近くはあった。

無理だ、と直感的に男は悟った。これは、人が相手にできるような魔獣ではない。

逃げよう、と叫んだつもりだった。しかし実際はそれより早く、魔猪が突進してきていた。

耳をつんざく、雷のような足音が迫ったかと思えば、仲間のひとりが撥ね飛ばされていた。四人の中で最も才気にあふれ、兄貴として慕われる頭目である。

少し荒っぽい性格に難があるものの、仲間には気前のいい男の身体が、嘘のように宙を舞った。爽《さわ》やかな樹冠に、赤い血液が飛び散る。おもちゃのように地面に叩《たた》きつけられる仲間の怪我の具合を確認する暇もなく、立ち尽くす男の全身を強い衝撃が叩いていた。

背後の木々に叩きつけられたかと思えば、呆気《あっけ》なく腕の骨が折れていた。苦悶《くもん》の呻《うめ》き声を上げる。しかも追撃があった。折れた腕を、魔猪の角が貫通していた。脳が焼き切れそうな痛みに、もはや、絶叫することさえ叶《かな》わなかった。

それまで武器も構えず固まっていた仲間のひとりが、奇声を上げて魔猪に飛び掛かった。死角からの攻撃だったはずが、鍛え上げられた長剣は魔猪の身体に傷ひとつ刻めず、根元からぽっきりと折れた。後ろ脚で蹴《け》り上げられて、その男もまた血まみれで意識を失った。

最後のひとりが、震える声で魔法名を唱えようとする。常は冷静沈着な魔術師だ。だが恐怖のあまりか、股《また》を小便が流れ落ちていき、足元に水溜《みずた》まりを作っている。

そこに犬のような声が聞こえた。

割り込んできたのは魔狼の群れだった。木陰から素早く躍り出てきた影が、魔術師の男を引き倒す。最初に倒れた頭目の頭にも、戯れのように噛《か》みついて力任せに振り回す。

男の頭を絶望の一色が染める。

しかしそこで、さらに想定外の出来事が起きた。魔猪と魔狼の群れがぶつかり合ったのだ。

激突し合う両者の目に、すでに弱々しい人間たちは映っていない。というのも彼らにとってそれは、最初から視界の端を横切る塵芥《ちりあくた》に過ぎなかったからだ。

男は、それを幸運だと思った。獣の眼中にすら入らないことを、何よりの幸運だと思えた。そう思うしかなかった。

放心する魔術師の頬を叩くと、それぞれ倒れている仲間に近づく。逃げられる機会は今だけだ。魔猪と魔狼が戦っている間に、この場を離れるしかない。

意識のない仲間を引きずって歩くのは重労働だった。少しでも重量を減らすために、持ってきた荷やポーションは地面に落としていく。瓶の蓋《ふた》を開ける一動作が、この場では命を落とすきっかけになりかねないと分かっていたからだ。

痛む手足を無我夢中で動かした。引きずる仲間の呼吸の音は聞こえなかった。

もうとっくに死んでいるかもしれない、と思う。だが、置いて行こうとは思えなかった。せめて故郷で暮らす彼の母親に、骨だけでも届けねばならない。

耳の奥で、聞き慣れたあの歌が木霊する。

………嘆く家族は、お前の骨さえ拾えない。泣く寡婦は、湖のほとりで粗朶を燃やす、粗朶を燃やす………

せめて骨を持ち帰れたならば、自分たちは勇者と呼ばれるのだろうか。

だが、誇れることなどあるはずもない。

すでに南門が見えてきている。四人は森の深い場所に踏み入ることさえできず、恐怖のあまり引き返しただけだったのだから。

◇　◇　◇

顔を上げたクナは、靴をつっかけて立ち上がった。

通りの真ん中に立つと、手で庇《ひさし》を作って目を眇《すが》める。南門までは距離があるが、クナの両目ははっきりと捉《とら》えている。

「……誰か、担架で運ばれてるな」

真っ赤な血が、白い石畳に滴っている。距離が開いていても視認できるほど、大量に出血しているのだ。

「まさか、またあの馬鹿？」

渦中にいるのはリュカではないかと疑ったクナだが、どうやら違う。門衛や住民が協力して運んでいるのは、朝っぱら絡んできた冒険者たちだったのだ。

騒ぎに気がついた住民らが何事かという目で見つめる中、四つの担架は東区画へと入っていく。

クナは荷物を手早くかごの中に入れると、東区画へと走った。ロイは先導するように四本の足を動かして、地面を疾駆する。石畳を避けているのは、肉球が焼けるのを嫌ったためだろう。照り返しがきつく、クナも額に汗をかいた。

通りを曲がったクナは、すぐに担架を発見する。というのも四つの担架は、ウェスにひとつだけの薬屋、『恵みの葉』の入り口前に並んでいたのだ。

背の低いクナは人混みの後ろでつま先立ちをして、観察してみる。

（怪我の具合は、右の二人が軽傷、左の二人が重傷……）

二人は意識があり、軽く呻いたり、苦しそうに唸《うな》ったりしている。切り傷や擦り傷を数え切れないほどこさえて、骨折もしているようだが、まだましな部類だ。

だが、あとの二人がひどい。二人とも血を流しすぎたのか、意識がないようだ。

特にひどいのが、クナ相手に威張り散らしていた男だ。魔獣に頭でも噛まれたのか、くっきりと牙《きば》の痕跡《こんせき》が残る頭部から血を垂れ流している。右腕と左足は、皮膚の下の肉の色が見えていて、筋繊維が千切れかけていた。

あまりに惨い光景に、母親は幼い子どもを抱きかかえて人混みから連れだしている。

それでも、通りの向こうまで噎《む》せるような血のにおいが充満しているのだろう。クナの周りでも、大の大人たちが口元を押さえている。

「おい、ポーションの準備はできたか⁉」

ほとんど怒号に近い声で門衛が叫べば、開いた戸から慌ただしく店主や店員が出てくる。

彼らの手にはそれぞれ薬瓶があったが、その数は合計しても十本足らずだ。

「これだけか？」

「今日の分は売れちまってます。これは倉庫の在庫を引っ張ってきたもんでして……」

訥々《とつとつ》と言い訳を口にする店主だが、問題はそこではない、とクナは思う。

とにかくポーションの状態が悪い。鑑定魔法などの高度な魔法が使えないクナにも、一目で分かるほどだ。

ポーションには保護魔法がかけられていなかった。緑色の薬液はすっかり色落ちして、底面が恐ろしく濁っている。

（あんなに劣化したポーションを飲ませたら、むしろ腹を下すぞ）

弱り切った重傷者二人に、とどめを刺す結果になりかねない。そんなの笑い話にもならないだろう。

「追加で作ってもらえるか」

「……はぁ。私も倅《せがれ》も、今朝方にはほとんど魔力が尽きてますから。追加というのはなんとも」

『恵みの葉』の店主らしい、恰幅《かっぷく》のいい中年男は、前掛けで落ち着きなく丸い手を拭《ぬぐ》っている。門衛は舌打ちを堪えて住民を見回した。

「それなら誰か、ポーションの持ち合わせはないか？　人助けのためだ、一本でもいいから分けてくれ！」

門衛が呼びかけても、人々は困った顔を見合わせるだけだ。

というのも、薬屋のポーションは冒険者を中心に売れている。そして日の高い時間に、町に戻ってくる冒険者はいない。郊外まで呼びに行ったとして、ポーションを使い切っている可能性のほうが高い。

門衛たちが足掻《あが》くように、四人の冒険者の手持ちを確認するが、その中に薬瓶はなかった。すでに使ったか、森に落としてきたかだろう。

やがて彼らが下さざるを得ない決断が、クナには手に取るように分かった。

（二人は、初級ポーションでも助かる）

命には、どうしても、取捨選択しなければならない場面がある。

まだ助かる見込みがあるのは、どう考えても軽傷者の二人だ。重傷者を切り捨てれば、十本足らずのポーションでどうにかなるかもしれない。

だがそうすれば、重傷を負った二人は確実に死ぬ。

そこまでを見届けたクナは、背負い紐《ひも》の片方を肩から外した。

後ろ手で、一本の瓶を取りあげる。ちゃぷ、と中の液体が揺れる。けれど幸い、クナには手が二本あるのだ。それぞれの手に、一本ずつ瓶を握り締めた。

かごを揺すって背負い直すと、クナは人だかりを鋭く見据える。

「どいて」

決して、大きな声ではない。

けれど凛《りん》と響き渡った声は、不思議と誰しもの耳に届き、反射的に数人が道を空けた。

クナは口で瓶の蓋を外しながら、歩みを進める。

迷っている時間はないと、足を止めずに歩く。二つに分かれた人波の中心を、クナは立ち止まらずに進み続ける。

傍らには守るように、あるいはその道行きを見届けるように、白い小犬の姿があった。

「君は……」

門衛らがクナに目を留める。クナは気にせず、重傷者二人に歩み寄る。

そして門衛たちはその直後、衝撃のあまり言葉を失うことになる。というのも目の前で、信じられないことが起こったからだ。

――どばどばどば、と。

クナが瓶を逆さまにして、緑色の液体を、死にかけの冒険者に勢いよく降らせていたのだから。

誰もが絶句し、口元を覆う中。表情のない薬師の少女――クナは、ひたすらに淡々と、瓶の中身をぶちまけていく。

血まみれの二人の男に、休むことなく注がれる緑色の薬液。

垂れ流された液は、血と混ざり合って担架を伝い、石畳を跳ね、辺り一面には薬液の独特なにおいが広がっていく。

いち早く我に返ったのは、以前クナと話した中年の門衛であった。

「君、いったい何をしてるんだ？」

顔を向けずに、クナが答えようとしたときだった。

「や、やめ、ろ」

くぐもった悲鳴のような声が上がる。

声の持ち主は、担架に転がされた若男だった。右腕が折れており、しかも太い角が突き立った痕《あと》がある。

苦悶に顔を歪《ゆが》めながらも、彼はクナを睨《にら》みつけている。

「やめ、てくれ。頼む」

「へぇ、喋《しゃべ》る元気があるんだ」

（感心感心）

二本の瓶が空になったので、その場に背負いかごを下ろしたクナは、あとの二本を掴《つか》む。

再び蓋を口で開ける。黄色蓋が地面をからからと転がる。そのうちのひとつは呻く男の足先まで転がって、そこで止まった。

彼は懇願するように言う。

「兄貴の態度が悪かったからって、そこまですること、ないだろ。兄貴が死んじまうよ……やめてくれ……」

「は？」

何やら、おかしな誤解をされているらしい。

クナは露骨に溜《た》め息《いき》を吐いた。そうしながら二本のポーションを逆さまにし、再び男たちに向かってぶちまけるので、男は啜《すす》り泣《な》きをしている。口が、「やめてくれ」と何度も動いている。

起き上がろうとしているようだが、うまく身体に力が入らないのだろう。横になったまま鼻水を垂らす情けない様を一瞥《いちべつ》して、クナはまた大きく息を吐いた。

さすがに人殺し扱いされるのは心外である。そもそも放っておいても死ぬ相手をいじめるほど、クナは暇人に見えるのだろうか。

「あんたたちにとって足蹴《あしげ》にするほどどうでもいいものでも、私にとっては大事な売り物だ。人を殺すのに使うわけないだろ、もったいない」

「……じゃあ、いったい……」

クナが合計して四本のポーションを空にしていると、恐る恐る近づいてきた門衛たちが、二人の傷の具合をそれぞれ確認し合う。

そして、どちらからともなく呟《つぶや》いた。

「……傷が、塞《ふさ》がってるぞ」

その一言に、見守る周囲がどよめく。

誰もが小声で何かを囁《ささや》き合う。どこか興奮に掻《か》き立てられるような熱が、場を満たしている。

多くの視線を浴びるクナは、拳《こぶし》を握るでもなく、腕を組んで冷静に患者を観察していた。

(うん、本当に塞がってる)

傷を癒やし、体力を回復する特殊な魔法薬ポーション。

経口摂取がもっとも効果的で望ましい方法ではあるが、彼らは自力でポーションを飲める状態ではなかったので、クナは直接、傷に浴びせることにした。

魔獣と遭遇した際はポーションを飲む暇などないので、緊急時はそのような使い方もする。

もちろん男も知っていただろうが、表情を浮かべずに作業に当たるクナを見て、劇薬でもかけていると勘違いしたのだろう。

(消毒できればいいな、程度に思ってたけど)

血が噴き出ていた頭部の傷も見たところ塞がっているし、千切れかけていた腕や足の皮膚もつながっている。

クナとしても思っていた以上の、上々の結果である。アコ村を出てからというものの、妙に調合の調子がいいようだ。

(アコ村で採取できる薬草より、森で採れたのが上質の薬草だったから……か?)

クナには、それくらいしか理由が思いつかない。

「信じられない……初級ポーションで、あれほどの傷が塞がるなんて。こんなことがあり得るのか?」

若い門衛は狼狽《うろた》えたように何度も繰り返している。

目を見開いていた中年の門衛は、クナに話しかけてきた。

「リュカのことも森で助けたそうだな。……君は、何者なんだ?」

怖々と問われても、それこそ意味のない問いだとクナは思う。

なぜなら、答えはひとつしかないのだから。

「私は魔法薬師だ。薬を作って、売るのが仕事だ」

クナは、背負いかごから目当ての瓶を取りだす。

担架に横たわる男の真横に置けば、何事かというように目を向けてくる。クナは顎《あご》でしゃくって言い放った。

「意識があるなら自分で飲め。横で寝てるやつにも飲ませろ。ただし、半分ずつだぞ。大事に飲め」

ようやく、助かるという実感が湧いてきたのだろうか。

男の双眸《そうぼう》に、みるみるうちに涙が浮き上がる。洟《はな》を啜りながら、男がぽつりと呟いた。

「……あ、ありが、とう……」

クナは少しだけ微笑む。

今まで向けられた覚えのない言葉を、アコ村を出てからよく聞くようになった。

だからクナは、どんなに未熟であっても、目の前の命を諦《あきら》めるような真似はしたくないと思う。

……といっても、無償で働くつもりは、やはりないのだが。

「言っとくけど、お金はもらうから」

「も、もちろん、だ……はは」

迷いない目で言ってのけるクナに、男は苦笑している。笑えるだけの元気が戻ってきている。

(よし、言質は取ったぞ)

やる気の出たクナは、周囲を見回した。重傷者二人の傷は塞がったといっても、失われた血が多すぎる。依然として予断を許さない状況だ。

「誰か、竈を貸して。中級ポーションを作りたい」

口にしたとたん、周囲がどよめいたのは、それだけ中級ポーションが珍しいものだからだろう。

「店主、頼めるか？」

門衛が気を遣って、薬屋の店主に声をかける。

それまで黙って事の成り行きを見守っていた店主だったが、とたんにクナに見下したような笑みを向けてくる。

「お前、私たちと同じ魔法薬師なんだな？」

話しかけられたクナは、ふてぶてしく返す。

「そうだけど」

「お前も魔力は切れているんだろう。いい格好がしたいからと、無理をするのはよせ」

だがその指摘は、的外れだ。

クナは肩を竦《すく》めた。町で薬屋をやれるほど裕福な彼と異なり、クナは一本の薬瓶を買い足すにも迷うほど貧しいのである。

「深夜に六本の初級ポーションを調合したけど、まだ魔力は余ってる」

「六本……一日にその程度の調合しかできんか。まぁ、流れの魔法薬師にはそれくらいが限界か」

いちいち癪《しゃく》に障《さわ》る言い方を選んでくる店主だ。

よっぽど、クナのポーションが衆人環視の前で役立ったのがむかついたのだろう。薬屋を営む自分の面目が潰《つぶ》れたとでも思っているのかもしれない。

隣の倅とやらも、こちらを食い入るように見ている。いちいち相手にしてやるクナではないが。

「だが中級ポーションの調合なぞ、その程度で音を上げる薬師にはとうてい無理だぞ。そもそも私だって未だ作れたことはなく、私の師匠もその域に到達するには……」

（あー、面倒くさい）

クナはその先を聞く気がなくなった。

見栄を張った下らない言葉の数々。目の前に患者がいるのだから、こんなものに時間を割いている暇はない。

（効率は悪いけど、やるしかないか）

背負いかごに引っかけて持ち運んでいた携帯鍋《なべ》を、クナは取り外した。

まだ何か喋っていた店主が、これ見よがしに冷笑する。調合用の鍋ではないし、底は凹んでいる。みすぼらしいと馬鹿にしたかったのだろう。

だがクナは気にしない。というのも死の森で拾ってから何度も使ってきた、愛着がある鍋だ。誰の持ち物かは知らないが、今やクナの大事な相棒といえよう。

「きゃん！」

なぜかロイが対抗するように一鳴きする。

それには取り合わず、素早く髪を結んだクナは、手のひらから出した魔力水で両手と鍋の両方を洗う。服や足首に水が飛び散るのも気にせず、丁寧に。

しかし往来のど真ん中である。砂や埃《ほこり》など不純物が入るかもしれないが、緊急事態なのだから致し方ない。それくらいは我慢してもらおうと思う。命あっての物種だ。

（まず、鍋に浮遊魔法）

自分の身体や魔獣ごと浮かすような高度な魔法は、クナには使えない。それは王都で名の知れる賢者が使うとされる、難しい魔法なのだ。

だが、空中に鍋を浮かせる程度なら可能だ。それを持続させることも、常日頃から魔力の放出を練習しているクナにならばできる。

ざわめく声が波のように響いたが、集中するクナは気がつかなかった。

（水魔法で、魔力水を注ぎ入れてっと）

胸あたりに浮かせた鍋の中に、勢いよく魔力水が溜まっていく。

（次に、炎魔法）

鍋の底に這《は》わせるようにして、赤々とした炎を出現させる。

竈がないから、炎の勢いを安定させるのは難しい。炎の大きさは周囲の空気を風魔法で操作して、自力で調整することにした。

魔力水が沸騰しかけたら、乾燥させた基三草とキバナの花を、風魔法で細かく粉砕して投入する。

乳鉢と乳棒を使い粉末状にすればもっと効果は上がるのだが、時間が惜しい。苦肉の策というやつだ。もっと強い術者であれば、無数の風の刃で硬い魔獣の身体さえ貫くというが、クナには逆立ちしてもそんな芸当はできないだろう。

（あ、宿に木べら忘れてきた……なら、もっかい風魔法）

もはや妥協だらけであるが、問題はない。

ささやかに起こした風が、鍋の内部を中心に回転する。薬草の溶けだした魔力水が、沸騰しかけた鍋の中で躍る。

花の色が染みて、薬液の色は濃い青藍《せいらん》色《しょく》へと染まっていく。

（ぐるぐる、ぐーるぐるっと）

見守る人々は、すでに言葉を失っていた。

浮遊魔法、水魔法、風魔法、炎魔法。それぞれ単体で見れば、生活魔法と呼ばれる程度で、そう難しい魔法ではない。そこらの子どもでも、素養があれば扱うことはできる。

しかし恐ろしいのは、その持続性と完璧《かんぺき》なまでの精度である。

複数の魔法を同時に発動させ、威力を細かく調整しながら、鍋の中に休まず魔力を注ぎ入れ続ける――そんな芸当ができる人間を、この場の誰もが、今までに目にしたことがなかったのだ。

人は理解を超える現象を目の当たりにしたとき、言葉をなくし、ただその光景を注視するしかなくなる。

そうして畏怖《いふ》の念がこもる目で見つめられるクナが、ただひとつ思うことは、

（やっぱり早く、調合道具を揃えないと不便だなぁ……）

……であった。

無事ポーションを作り終えたクナは、浮遊魔法以外の魔法を止める。

熱い鍋は両手では持てないので、空中に浮かせたまま、鍋に風魔法で風を当てる。こうすれば、温度は徐々に下がっていく。

（本当は、もっとじっくり冷ましたいんだけど）

魔法というのは、クナにとって奇跡ではない。時間がかかること、手間がかかることを省くための手段のひとつだと捉《とら》えている。便利で効率的だが、頼り切ろうと考えないのには理由があった。

（時間をかけて冷ましたポーション液と、魔法で冷ましたポーション液は、なんとなくだけど……効果が違う）

クナは前者のほうが、よりポーションとしての効能が高いように感じている。

たとえば、部屋の中で風魔法を起こして風を受けるのと、外に出て頬に風を感じるのとでは、感覚がまったく違うように。

おそらく、目には見えない自然の力というのがある。日光や雨、風、空気の柔らかさの中に、特別な何かが秘められていて、それらはクナがどんなに工夫しても、魔法では再現できないのだ。

普段の生活において、なるべく魔法を使わないようにしているのは、その何かと触れ合う感覚を失いたくないからだった。

（ま、とにかく今は、時間がないからね）

クナは風魔法で一口分のポーション液を持ち上げて、自身の口に放り込んだ。

「おえ……」

そうして、鼻に皺《しわ》を寄せ、思いっきり顔をしかめる。

中級ポーションはとにかく苦い。初級ポーションに慣れきったクナでも苦い。

(サフロの実を使ってないと、こういう味になるのか)

クナが舌を出してげっそりしているので、周りが不安そうにざわめいた。別に毒薬ではないのだが。

その頃には、取っ手はだいぶん生ぬるくなっている。クナが鍋の取っ手を掴《つか》み、重傷を負う男につかつかと歩み寄ると、ようやく我に返ったように中年の門衛が言葉を発した。

「ちゅ、中級ポーションができたのか?」

「一応」

人生において二度目の調合である。またもや不安にさせるかもしれないが、一応、としかクナには言えない。

「あの、これ、使っておくれ」

そのやり取りを見ていた女性が、息せき切って駆け寄ってきた。

先ほど、クナの露店でポーションを買ってくれた主婦のひとりだった。木彫りの深皿と、スープ用のスプーンを二つずつ。自宅から持ってきてくれたようだ。

「助かります」

短く返したクナは鍋を傾けて、ポーション液を皿に移し替えた。さっそくそれを手に、門衛が重傷者のもとに向かう。

残った分は軽傷の二人に分ける。そのときには、二人とも自力で起き上がれる程度に回復していた。折れていた腕も、問題なく動かしている。

クナは担架の横にしゃがみ込み、スプーンでポーション液を掬う。

そのときには、うっすらと目を開けていた男の頭の下に、枕代わりに背負いかごを挟み込む。

顎を掴み、口を開かせると、口内に少しずつポーションを流し込んでいく。外見は美しくとも、かなり苦みのある液体だとクナは知っている。しかし、男は文句を言わず飲み込んでいった。

逞《たくま》しい喉仏《のどぼとけ》が動き、ポーションを嚥下《えんか》していく。

「どうして俺たちを、助けた？」

嚥下の最中に、口が利ける程度には、男は回復してきたようだ。あるいは、喉《のど》へと駆け抜ける苦みを忘れるために、会話に集中しようとしたのかもしれないが。

「お前の売っていたポーションを、俺は蹴《け》り飛ばしたんだぞ。そんなやつを、なぜ……」

「まぁ、腹は立ったね」

男が口を噤《つぐ》む。その口を問答無用で開かせ、クナはポーション液を突っ込んだ。

別にいじめたつもりはなかったのだが、こふ、と喉奥で男が咳《せ》き込む。苦しかったのか、目には涙がにじんでいた。

「すまなかった。死の森に向かうという高揚感と、緊張感が、あって、負けたく、なくて……無駄に威張り散らしていたんだ。本当に未熟、だった。俺は自分が、恥ずかしい」

ぽつぽつと語る声を聞きながら、クナは何十回もかけてスプーンを男の口に運ぶ。男は大人しく、されるがままになっていた。

皿の中身は、そうして空になった。

「はい、終わり。しばらくは安静にすること」

「……ありがとう。仲間を助けて、くれたことも、感謝している」

クナは口角を上げて、にやりと笑った。

そうしないと、たぶん、不意打ちの感謝の言葉に、変な顔をしてしまっていたことだろう。その優しい響きは未だに、クナには聞き慣れないものだったから。

「なら、ちゃんと料金は支払うように。踏み倒したら許さないから」

「分かっている。時間はかかるかもしれないが、必ず、言い値で支払おう」

クナは頭の中で計算する。

初級ポーション四本。それと、中級ポーションは瓶で量を換算すると……。

「じゃあ初級ポーションは四本で千二百ニェカ。中級ポーションは四本分として、二千八百ニェカ。あわせて四千ニェカね」

男の顔色が変わった。

「え？　いや、それはさすがに……」

「文句は聞かない。――この人たち、診療所に運んでもらえる？」

言い値で払うと勇ましく言い切ったのだから、約束は守ってもらいたいものだ。

門衛に声をかけると、胸を叩《たた》いて請け負ってくれた。

「ああ、任せてくれ」

軽傷だった二人は、担架から自力で立ち上がっている。

四人の元怪我人を連れた集団が、診療所へと向かおうとする。しかしその途中、指示を出していた中年の門衛が足を止めて振り返った。

「ありがとう、君のおかげで本当に助かった」

「……どういたしまして」

しっかりと頭を下げて、礼を言われてしまうと、クナは口の端がむずむずしてくる。

そんなクナを微笑ましげに見つめて、門衛は眉尻《まゆじり》を下げた。

「死の森に迷い込んだ人間は、助からないのが常だった。遺体も骨も、持ち物さえ回収できず、墓さえ作られない人間だらけだった。……でも君はこの短い期間で、五人もの人間を救った。これはウェスで暮らす俺たちにとっては、信じがたいことなんだ」

迷い込むどころか死の森で生活していた経験のあるクナは、無言になる。

その沈黙をどう解釈したのか、門衛はまた頭を下げて診療所のほうに駆けていった。

（さて、腹ごしらえするか）

クナの腹はぐう、と鳴っている。この騒ぎがなければ、今頃は昼食で英気を養い、午後もがんばろうと気合いを入れていたはずである。

ロイもお腹が空いているのだろう。訴えかけるようにつぶらな瞳《ひとみ》でクナを見上げていた。

「ごはん？」

「わんっ」

打てば響くような返事を聞いて、クナは頷《うなず》いた。

そうして――かごを背負い直し、さっさと人混みを抜けていくクナの耳に、その小さすぎる声は聞き取れなかった。

「………聖女様だ」

人いきれの中、そう囁《ささや》く老人がいた。

彼が思い描くのは、死の森がまだ、そう呼ばれていなかった時代の話だ。

イシアに伝わる壮大な物語。今ではおとぎ話の一種として扱われるそれの、再来と思《おぼ》しき光景を、彼は確かに目にしたのだ。

「白き聖なる獣を従えて現れる乙女は、闇に侵される人の世を救い、傷ついた人々を慈愛の腕で守り給う……あの薬師様こそが、我らに再び遣わされた奇跡なのか……」

ぶつぶつと呟《つぶや》く老人の目は、未だかつてないほどの希望を抱いて、ただクナの小さな背中を追いかける。

自らの偉業を誇るでもなく、早足で去って行くクナ。

老人にはその姿が――、あがめ奉られることを望まず、謙虚に首を横に振るだけだったという聖女と、重なって見えるのだった。

◇◇◇

「……えっ。今日の分のポーション、もう売り切れちゃったのか？」

翌日の昼下がり。

今日も今日とて、敷物を広げて商売に励んでいたクナは、惚《ほう》けたような声を聞いて顔を上げた。

目の前で息を切らしているのはリュカ。黙っていれば、女のほうからふらふらと寄ってきそうなほど整った見目をしている。

しかしリュカは快活によく喋《しゃべ》る。いざ口を開くと少年のように屈託なく話すのだ。

「売れた」

「おお！　すごいなクナ！」

なぜかリュカは我が事のように喜んでいる。

「でも、そうだよな。クナのポーションはすごいもんな。みんな買いたくなるのも当たり前だ」

うんうん、と勝手に納得して何度も頷いている。

こういうとき、クナはどういう顔をしたものか分からない。笑顔でも作れば可愛げがあるのかもしれないが、愛想良く振る舞うのは何よりクナが不得意とすることだ。

「昨日の件も町のみんなから聞いたぞ。クナ、大活躍だったたってな」

「私はポーションを作っただけだけど」

「患者の前で鍋《なべ》浮かせて中級ポーション作っちゃう魔法薬師様なんて、見たことも聞いたこともないけどなぁ」

反応に困ったクナが苦々しい顔をすると、リュカが楽しげにけらけらと笑った。思っていたより詳細を知っているようだ。

「それにクナのポーションはおいしいしな。甘くて舌触りも良くて」

どうやら、ポーションの味を本当に記憶しているらしい。リュカに飲ませたポーションには、サフロの実の果汁を入れていたのだ。

菓子に焦がれるような顔つきをしているリュカに、クナはきっぱりと言う。

「言っとくけど、もうサフロの実はないから」

というより、実は、ポーションに使う薬草自体が足りなくなってきた。

数日前のクナは、まさかこんなことになろうとは夢にも思わなかった。クナの調合したポーションが、あっという間に完売する日が来るだなんて。

今朝は、クナが露店を開く前にすでに人だかりができていた。その時点でクナは目を白黒とさせたのだが、商品を並べる前に飛ぶように売れていったときは、開いた口が塞《ふさ》がらなくなってしまった。

薬草を仕入れるためにも、明日は店を休む予定だと告げると、総じてがっかりした顔をする。

また店を出してくれれば、必ず買いに来るからと言われる。途中からは都合のいい夢を見ているのではと疑ったが、頬を引っ張っても夢の靄《もや》は晴れていかなかった。

しみじみと、クナは思う。

「ここの住人は、義理堅い人たちばかりだね」

「……ん？　どういうことだ？」

「だって、みんなリュカを治した薬師だからって、気を遣ってポーションを買ってくれる。こっちとしては、ありがたい話だけど」

そうでなければ、町に根差す薬屋で同じ値段のポーションが売られているのに、わざわざ露店のものを買ったりはしない。

「いや、そういう理由じゃないような……あれ、クナ？　聞いてる？」

だが、こんなことは長く続かない。今のところ苦情らしき苦情はないものの、ここで調子に乗れば、すぐに閑古鳥の鳴き声を聞く羽目になるだろう。

（がんばってお金を稼いで、早く道具も揃えたいし）

そう、貯金ができたら、調合道具一式を揃える予定なのだ。今からその日が待ち遠しくて、クナは時間を見つけては町中の指物屋を巡っていた。

早くも目星はつけてある。店の隣に小さな工房を構えた指物屋は腕利きの職人を抱えているようで、試しに使ってみたところ、そこの品がいっとう気に入ったのだ。高い買い物になるが、毎日使い続けるものだから、妥協はせずに道具を選びたい。

「……あ、そうだった」

乳棒を握った手触りや乳鉢の理想的な角度を思いだしてうっとりしていたクナは、そこで我に返った。

リュカに向かって手を出す。

「リュカ、中級ポーション代。二千五百ニェカ」

「おう、ナディからも聞いた！　……って、本当にそれでいいのか？」

いいも何も、適正価格だ。

まだリュカは躊躇《ためら》っていたが、お金を受け取ったクナが満足そうにしているのを見て、仕方なさそうに微笑んだ。

「欲の少ない薬師だな」

「欲の多い薬師も、いやでしょ」

「それは、確かに」

そうして二人が話すところに、年端もいかぬ少年が駆け寄ってくる。

歯が欠けているのをよく覚えている。昨日、ポーションを買った客が連れていた子どもだ。

「聖女の姉ちゃん、瓶持ってきたぞ！」

「はい、どうも」

空になった薬瓶を受け取ったクナは、泥だらけの手のひらに十ニェカを載せてやる。

「またおいで」

「うん！」

走り去っていく小さな背中とクナの手を見比べて、リュカはきょとんとしている。何が起こったのか、よく分からない様子だ。

「クナ。その瓶、なんだ？」

「これ？　昨日売ったポーションの、空瓶」

黄色蓋《ぶた》の硝子瓶を、クナはぶらぶらと顔の横で振る。

「瓶を引き取って金を渡すのか？　それだとクナが損にならないか？」

子どもに十ニェカを渡したので、リュカは不思議がっているらしい。

「こうすれば私の手元に瓶が戻ってくるから、雑貨屋で新しく瓶を買わずに済む。客もお金が少し戻ってお得になるし、また立ち寄ってくれるわけだから、別の商品を売りつ……売る機会につながるでしょ」

今は他の売り物がなかったので、そうはいかなかったが。

それに三百ニェカの初級ポーションを実質二百九十ニェカで手に入れられるわけだから、薬屋の顧客を少しはこちらに引っ張ってこられるかもしれない。

あの店主の態度を鑑みるに、きっと貧乏くさいやり方だと馬鹿にして真似たりはしないだろう。それこそクナの思うつぼなのだが。

（結局、薬屋は偵察できずじまいだけど）

『恵みの葉』が扱う商品の種類や、販売しているポーションの本数はどんなものか気になっていた。だが顔を覚えられてしまったので、今後は入店するなり門前払いされることだろう。今となっては致し方ない。

「薬瓶は消毒と日干しをして再利用するから、衛生面も問題ないしね」

クナが説明を締め括ると、リュカは本気で感心したように息を吐いていた。

「はぁ、なるほどなぁ……クナは頭がいいな」

「感心されるようなことじゃないよ」

クナは首を振る。アコ村の薬屋でも思いついて実践していたことだ。

けれど、あまり空瓶が店頭に戻ってくることはなかった。クナを侮る村人たちは、わざと店の前に泥まみれの瓶を置き去りにしたり、店の前でこれ見よがしに割っていくこともあった。

だからウェスの住人たちが空瓶を戻してくれるたびに、クナは少し温かい気持ちになるのだった。

「だけどそんなの、他にやってる連中を知らないぞ。空き瓶は処分するのが面倒だからって、そこらに捨てていく冒険者が多いんだ。……裂いた魔獣の腹から、瓶が出てくることもあるし」

いやな思い出があるのか、リュカが溜《た》め息《いき》を吐いている。

へぇ、と相槌《あいづち》を打っていたクナは、目を瞬かせた。リュカが急に顔を近づけてきたからだ。

クナは面食いではないので、整った顔が触れられるほど傍に迫っても照れたりはしないが、それなりに驚きはする。もう少し驚いていたら、手にした瓶をその頭に容赦なく叩きつけていたことだろう。

けれど、リュカには企みなどひとつもなくて、ただ歯を見せて笑うのだった。

「クナはすごい。すごいんだから、ちゃんと誇ってくれ」

「……そりゃあ、どうも」

と答えつつ、ぎゅうと、クナは自分の頬を片方の手でつねっている。

(こいつ、なんで恥ずかしげもなくこんなことが言えるんだ?)

口を開けばいやみったらしい言葉を吐いてしまうクナ相手にも、リュカはまっすぐだ。

この男は腹に一物抱える、という言葉さえ知らないのだろうか。マデリには多くのことを教わったが、太陽のような男の扱いについては、とんと聞き覚えがない。

このまま頬をつねっていると、あとで痛みだすに違いないので、クナは早々に話題を変えることにした。

「ところで、セイジョ……って何?」

「え?」

「たまに、子どもからそういう風に呼ばれるんだけど。さっきもそう」

外れポーションを作る役立たずの薬師、などとは呼ばれ慣れているが、セイジョ、という響きはどうにも落ち着かないクナである。

何か、蔑《さげす》むような意味合いでないのは、その言葉を発する子らの顔つきからして分かっているのだが、急に変なあだ名をつけられたようで困惑していた。

——問われたリュカのほうはといえば、どう答えたものか悩む。

というのもリュカはその理由を知っている。ウェスで最も年嵩《としかさ》の老人ギィは、子どもを広場の片隅に集めてよく物語を語るのだが、昨日、彼はそこでイシアに伝わる聖女の伝説——『聖薬伝』を聞かせたのだ。

国中の誰でも『聖薬伝』の内容は知っている。そしてウェスは聖女が初めて姿を現した町として有名だ。他の町からの旅人が多いのは、何も死の森の影響だけではないのである。そんな背景もあり、ウェスでは聖女を実在した女性として信奉する人々もいる。

ギィの語りも、それは熱のこもったものだったようだ。子どもたちの間では、中級ポーションを調合して冒険者を救ったクナこそ聖女本人ではないかと、まことしやかに騒がれている。噂が下火になるには、時間がかかるだろう。

（オレも、異論はないけどさ……）

膝《ひざ》に頬杖《ほおづえ》をついたリュカは、じぃっとクナを見つめる。

小首を傾《かし》げる少女。肩に垂れる艶《つや》のある黒髪に、橙色《だいだいいろ》の瞳《ひとみ》。

この爛々《らんらん》と輝くような目を見ると、リュカは吸い込まれそうになってしまう。聖女かどうかはともかくとして、森の精か何かかと錯覚しそうになるのだ。

するとクナは訝《いぶか》しげに、小さな唇をすぼめた。

「なに、赤い顔して。熱？」

「え、いや。違う違う！」

ぶんぶんぶん、とリュカは首を振りたくる。

そうして頭を回転させる。実力があるのに、どうしてか信じられないくらい謙虚で控えめなクナのことだ。ウェスの住人の一部が彼女を聖女と呼んでいることを知れば、さらに遠慮がちになってしまうのではないか。

そう考えたリュカは、苦し紛れに絞りだした。

「えっと……また今度話すよ」

クナはいまいち納得のいかない様子ながら頷《うなず》いている。そこでリュカは咳払《せきばら》いをした。

「クナ。それでさ、クナの腕を見込んで頼みがあるんだ」

黙って見上げてくるクナに、リュカは、硬い声で続ける。

「オレの母親を、治してくれないか」

それはリュカにとって、一世一代の頼みだった。

――汗のにじむ顔で、一心不乱に見つめられたクナはといえば、即答しない。

物を売ってくれ、という依頼とは違う。治せるか、とだけ客に訊《き》かれて、治せると豪語する薬師はただの阿呆《あほう》だと、クナはよく知っている。

だからクナは、希望に縋《すが》るような目をして唇を引き結んだリュカに、こう答える。

「治せるかどうかは、診《み》てみないと分からない」

「……そうだよな」

冷たい答えに感じられたのだろうか。リュカが肩を落とす。

俯《うつむ》いて、項垂れる。その様を目にすれば、クナはむかついてくる。

そもそも、クナは治せないとは言っていない。先走って落ち込まれては困る。

それに――暗い顔をしているリュカを、長く見ていたくはなかった。

（私は、この男に、少しだけ甘いのかもしれない）

クナがそんな風に感じる相手は、今までいなかった。

薬師としてのクナに、初めて感謝の言葉をくれた人。花束のように飾られたお礼ではなくて、ただ心の底からまっすぐに告げられた言葉。

その響きが今もはっきりと、耳元で聞こえるから。

「だからとりあえず、リュカの家に連れてってくれる？」

弾かれたように、リュカが顔を上げる。

その輝きを前にして、ああ、とクナは思った。この男はやはり、笑っているほうが似合うのだ。

第六章　声をなくした女主人

「おはようクナ。さっそくだけど、オレんちに案内するぜ！」

宿屋玄関の戸を開けると、そんな言葉と爽《さわ》やかな笑顔に迎えられた。

意気揚々と言い放つリュカに、クナは欠伸交じりにこう返した。

「……私、まだ朝ご飯食べてないんだけど」

「早すぎた！　ごめん！」

素直に謝罪できるのは、リュカの長所のひとつであった。

――相談を持ちかけられた明くる日のこと。

クナは『ココット』へと足を運んだ。リュカは待っているのも暇だとついてくる。

最近のクナはこのパン屋に、しょっちゅう朝飯を買いに行く。前掛けをした中年女――イネブが、中腰でパンを商品棚に並べながら、こちらを見てにっかりと笑う。

「クナちゃん、いらっしゃい」

イネブは、挨拶《あいさつ》を返すクナの後ろに気がついて目を丸くする。

「おやまぁ、リュカじゃないの。寝ぼすけのくせに、よく起きたねぇ」

「イネブおばちゃん、やめてくれ。オレが朝弱いのがクナにばれるだろ」

渋い顔を作るリュカに、イネブが声を立てて笑う。親しげな二人だが、クナは驚かなかった。まるで領主か何かのように、リュカは人々に広く顔を知られている。必然的に、彼を助けたクナの評判も上々になっている。

（というか、リュカはたぶん……）

クナはその正体に、うっすらと気がついていたが、リュカに訊いてみようとは思わなかった。どうせこのあと、彼の実家に向かえば分かることなのだ。

木のトングを、かちりと鳴らす。値踏みするように商品棚の間を歩くクナの後ろを、ロイがうろちょろしながらついてくる。

干し肉にしていた魔猪肉は、ゆうべ切れてしまった。今日は四角く成形された白パンをトレーに載せる。アコ村ではパンは薄焼き一択だったが、ウェスでは発酵したパンなどいろんな種類のものが売られていて、毎日買う商品を変えても制覇するには時間がかかりそうだ。

それと一緒に、牛乳と薄切りベーコン、ころころとした鶏卵も二つ買う。今朝、養鶏農家から仕入れたという新鮮な卵だ。

会計を済ませて、二人で宿に戻る。

思った通り、リュカは亭主とも顔見知りだった。宿泊客ではないが食堂に入りたいと伝えると、仕方ないの一言であっさりと許される。クナにはない人脈というものを、リュカは手足のように使いこなしている。しかも自覚がないからこそ、彼の場合はうまくいくのだと思われた。

薄暗い廊下を歩き、名ばかりの食堂に着くと、クナはさっそく調理場で食事の準備に取り掛かる。

竈に炎魔法で火を熾《おこ》し、携帯鍋《なべ》を火にかける。森で拾ったこれを、クナは存外気に入っている。

炎を弱めに調整していると、背後からリュカが覗《のぞ》き込んできた。

「それ、いい鍋だな」

「でしょ」

クナは気を良くした。だが、頷くリュカのほうがやたら誇らしげだ。

「ああ。鍋も嬉《うれ》しそうにしてる！」

この男、鍋の感情まで読み取れるのだろうか。

クナは末恐ろしいものを感じつつ、温まった鍋に薄いベーコンを敷き詰める。

ベーコンから勢いよく溶け出た脂のにおいが、一気に調理場に広がる。クナの口の中に大量の涎《よだれ》が溜まった。

そこに鶏卵を片手で割り入れ、立て続けに二つ落とす。黄身を抱えた卵が、桃色のベーコンの上に広がる。白身の焦げる音が小気味よい。

クナは鍋の中にわずかな水をこぼすと、立ち上がる湯気ごと落《お》とし蓋《ぶた》をした。

じゅわり、という音が耳に入り込んで踊る。後ろで見ていたリュカが、ごくりと唾《つば》を呑《の》む音が聞こえたときである。

「オレ、もう一度パン屋に行ってくる」

何やら強い決意を秘めた目で駆けだしたリュカを、クナは見送った。

しばらくは黙って待つ時間だ。その間に荷物から、クナは食用の野草と果実を取りだした。軽く水洗いをし、清潔な布巾《ふきん》で水気を取る。どちらも生で食べられるので、別の皿に盛りつける。

（ここで、お待ちかねの！）

今だ、と鍋の蓋《ふた》をとりあげると、黄身が桃色に変わりつつある絶妙な具合である。

火を消して皿に移し、ぱっぱと塩と刻んだ香草を振りかければ、半熟ベーコンエッグのできあがりだ。

「お待たせ！」

クナが振り返ると、早くも戻ってきたリュカが紙袋の中身をテーブルに出していた。

彼は朝食を抜いていたようだが、クナが調理するところを見て、食欲が湧いてきたのだろう。平たく言えば、自分も同じものを食べたくなったのだ。

思った通りの白パン、薄切りベーコン、鶏卵、の次にリュカが袋から取りだしたのは、山羊のチーズだ。

「これ、クナも使ってくれ」

「いいの？」

その一言に、クナは目を輝かせた。

チーズのお礼として、クナはリュカの分の料理も担当することにした。野草のサラダも分けてやる。チーズの存在を思えば、クナの心はいくぶんか広くなる。

二人と一匹分の半熟ベーコンエッグができあがれば、白パンの表面にバターをまんべんなく塗り、炎魔法で軽く炙《あぶ》る。

白パンがほどよく焦げたところに、鍋をとんとんと軽く叩《たた》いてベーコンエッグを落とすと、同じく魔法で器用にチーズを炙っていたリュカが、その上に蕩《とろ》けるチーズをふんだんにかけた。

黄金色のチーズの表面がとろりと溶けている。食欲をそそる独特の香りに、クナはごくりと喉《のど》を鳴らした。

「めちゃくちゃうまそうだな」

声に出したか、そうでないかの違いはあるが、リュカと考えたことはまったく同じである。

(名づけて、ベーコンエッグチーズトースト……って感じかな)

天と地の恵みに手短に感謝を捧《ささ》げて、クナとリュカ、それにロイは皿へと向かう。

クナは両手で持った白パンの端っこにかぶりついた。

ざくりっ、と歯を立てたパンは軽快な食感である。クナは恍惚《こうこつ》と目を細めた。

「うまい！」

二人はほとんど同時に声を上げた。

溶けたチーズ、それにかりかりに焼かれたベーコンが、噛《か》めば噛むほど堪らない旨みを出している。

「チーズ、最高」

うっとりと呟《つぶや》くクナは、すっかり上機嫌だ。

「だよな。オレも野営のときにたまに持ってくんだが、チーズがあるとないとじゃ次の日の気合いが違ってくる。炎魔法でもいいが、木の棒にくくりつけてさ、焚《た》き火《び》で炙って食べるとますます濃

厚でおいしいんだよ」

「それ、絶対おいしい」

想像するだけでクナは涎を垂らしそうになった。

それからも元気よくパンを頬張る。すると、真正面から視線を感じた。

顔を上げると、リュカがこちらをじっと見つめている。

「なに？」

「……ごめん。笑った顔、可愛いなと思って」

リュカが照れくさそうに目を逸《そ》らす。

クナはきょとんとしてしまった。自分は今、笑っていたのだろうか。

いや、それよりも――。

（……可愛い？　私が？）

そんなことは、今まで一度も言われたことがない。

アコ村に住んでいたとき、ドルフやシャリーンをはじめとして、村人からは不美人だと罵《ののし》られてきた。不細工のくせに愛想もない捨て子だと。

クナも、自分の見た目が人から好かれるものだとは思っていない。炭のように重い黒髪も、冷たい橙《だいだいいろ》色の瞳《ひとみ》も、他人にことのほか悪い印象を与えるようだから。

戸惑ったクナは、言葉を返さず、ひたすら白パンを頬張る。向かいに座るリュカは何やら落ち着かない様子で、クナよりずっと先に平らげてしまった。

「きゃんっ」

鳴き声がした。かと思えば、ロイがクナのスカートに前足でしがみついてくる。

足元には空っぽの皿がある。どうやらおかわりを要求しているようだが、そんな気の利いたものの用意はない。

クナが首を横に振ると、ロイは不満げに鼻をふんふんさせながら、早足で食堂を出て行った。宿泊客に食べ物をねだるのかもしれない。

サラダを食べ、食後の牛乳を飲み終わると、しばらくしてリュカが立ち上がった。クナの分の皿もまとめて水場に持っていき、慣れた手つきで洗いだす。

「……ありがとう」

「おう」

言い慣れずに上擦る感謝の声に、明るい声が返ってくる。皿の水を切るリュカは振り向きはしなかったが、彼は笑っているのだろうと、その声音だけで分かるくらいだった。

取りだした手巾できっちりと手を拭《ふ》いたリュカが椅子に座る。

「母さんなんだが、今日ももちろん家にいる。クナのことは魔法薬師だって伝えてあるから」

「分かった」

少しの間、満腹の胃を休ませることにする。二人がそろそろ出発しようかというときに、口にソーセージを咥《くわ》えたロイもご機嫌で戻ってきたのだった。

◇◇◇

リュカに案内されて、クナは宿場町からさらに奥まった北側の区画へと足を踏み入れていた。

向かう場所に察しはついていた。宿場町より北に位置する家はひとつしかない。クナの感覚からすると、それは家というより屋敷と呼ぶに相応しい佇まいだったのだが。

「ここがオレの家だ」

リュカが足を止めたところで、クナは立ち止まって見上げてみる。

立派な門構えに、塀で囲まれた広大な庭を持つ、赤い屋根の邸宅。その裏にも温浴施設があるようで、赤煉瓦《あかれんが》の煙突が青空に映えている。

近づくのも畏《おそ》れ多《おお》いほどに磨き上げられた屋敷だが、リュカにはよくなじむ。美しい花が揺れる庭園を彼が歩く姿が、容易に想像できた。

「やっぱりリュカって、領主の子どもなの？」

答え合わせにもならない問いを放てば、リュカは眉《まゆ》を曇らせた。

「黙っててごめん。隠してるわけじゃないんだけどさ」

「別に気にしてない」

ウェスの住人たちがリュカを慕っているのは、彼が領主の息子だからというわけではないだろう。

それにしては、彼らのリュカへの態度は気安すぎる。

「それじゃ、行こう。母さんは部屋にいるから」

リュカは勢いよく、轍《わだち》のついた石畳に踏みだした。

だが開け放たれた正門前で、クナは立ち尽くしている。

飾り気のない麻の服を着たクナは、この邸宅に招き入れられるのに相応しい格好とはいえない。

格好だけではない。クナの身分は平民だ。

リュカが領主の子息だと分かっても、彼の態度が変わらないから、距離を感じずにいられる。しかしこの家で暮らす人々は、働く使用人たちは、クナを見てどんな目をするだろう。

あるいは、クナを連れてきたリュカの品位を疑うかもしれない。

（しかも私は、魔法薬師としても……優秀でもなんでもない）

じっとりと、足の裏に汗をかく。リュカの態度に感化され、自分の腕を過信し、安請け合いしてしまったのかもしれない。

寄せては返す波のような不安感が、胸に押し寄せる。波の音は、次第に笑い声へと変わる。クナの調合した薬を、外れと笑う声に――。

ロイも、クナの横でじっと留まっている。気がついたリュカが戻ってきた。

「クナ？　どうした？」

（……落ち着け）

心の中で、クナは自分に言い聞かせる。

一度、引き受けた依頼なのだ。ここまで来て引き下がれない。

リュカには、診てみないと判断できないと言ってある。もしもクナが治せそうにないと伝えたとして、逆上するような男ではない。

(落ち着け)

意識して、深く呼吸をする。胸の鼓動は少しずつだが、平静を取り戻していった。

「なんでもない。大丈夫」

「……そうか、分かった」

少し心配そうにするリュカに頭を振り、クナは彼についていった。

道すがら、リュカはぽつぽつと話してくれた。

「ウェスを治める領主一家はリッドっていってな。領主……つまりオレの父さんには、もともと二人の息子がいる。オレは三人目の子どもで、後妻の子なんだ。上の兄は毎日、次期領主として勉強をしてる。下の兄は王都の寄宿学校に通ってたんだが、そのまま騎士になった。……で、オレは冒険者になったんだ」

「……家を追いだされたとか？」

クナは自身の境遇に、リュカを照らし合わせてしまう。後妻の子であるがゆえに家で邪魔者扱いされて、居場所がなく、冒険者という危険な仕事につかざるを得なかったのか――、と。

だが、本当にそうであれば、このように正面から堂々と立ち入ったりはしないだろう。思った通り、リュカは首を振っている。

「いや。それがオレのいちばんやりたいことだったんだ。危ないからって母さんには反対されたけど、天職だと思ってる」

「森で死にかけてたけどね」

「それを言われると立つ瀬がない！」

苦笑するリュカと並んで歩いていると、ポーチの脇に立つ二人の人物が目に入る。

茶色い髪に、優しげな顔立ちをした二十半ばくらいの男と、よく似た細面の中年男性だ。立派な栗毛の馬が牽《ひ》く馬車に、今まさに乗り込もうとしている。

「父さん、アルミン兄さん」

リュカの呼びかけで、クナは二人の正体を知る。

振り返った二人の顔に、自然と、柔らかな笑みが広がる。

（……ああ）

どこか途方に暮れたように、クナは心の中で呟いた。リュカは家族に愛されているのだと、赤の他人であるクナさえも、この瞬間に理解できたのだ。

アコ村の薬屋――クナの家にはなかったものが、彼らの間ではごく当たり前のようにやり取りされている。なんとなく近寄りがたいものを感じたが、クナは表情に出すことなく、二人に頭を下げた。

「初めまして。クナといいます」

「それじゃあ、君が魔法薬師の……。リュカから何度も話は聞いているよ。その節は息子を助けてくれて、本当にありがとう。お礼が遅れてしまってすまないね」

領主というと、クナはアコ村の村長に近い高圧的な人物かと想像していたが、リュカの父親はクナに握手を求めてきた。

慣れない握手に、ぎこちなくクナは応じた。

「私はウェスの領主であるセドリク。こちらは長男のアルミンだ。といっても領主としての仕事のほとんどは、アルミンが継いでいるんだが」

「初めまして、クナさん。私からもお礼を言わせてください」

お辞儀をするアルミンも笑みを浮かべている。セドリクとアルミンの目元の笑い皺《じわ》は似ている。リュカも、顔立ちこそ違うものの、笑った顔は二人にそっくりだ。

「何か困ったことがあったら、すぐ言ってくれ。我が一族は、できる限りあなたの力になろう」

できる限りという言い回しに、真剣味と真摯《しんし》さが窺《うかが》える。

「ところで、今日は妻を診てくれるそうだね」

「はい。ただ、私に治せるかどうかは分かりませんが」

「ああ。高名な医者も匙《さじ》を投げたくらいだからね。あまり気負う必要はない」

微笑みつつもセドリクにはどこか疲れた様子がある。妻に回復の兆しが見えないことに、彼自身も気が滅入っているのかもしれない。

「父さんたち、どこか出かけるのか？」

「商工会議所で会合がある。昨夜、冒険者ギルドの長が戻ったからな」

（へぇ、ギルド長が）

ナディが話していた、ポーションの鑑定ができるという人物だ。一度くらい作ったポーションを鑑定してもらおうかと思っていたので、頭の隅に入れておく。

セドリクたちを乗せた馬車が去っていくと、その場には壮年の男性が残った。館で雇われている使用人だという。彼は、胸に手を当てて丁寧に一礼した。

「リュカリオン坊ちゃまからお話は伺っております。さっそくですが、奥様のお部屋へご案内します」

そこでリュカが大慌てで両手を振った。

「何度も言ってるけど人前で坊ちゃまはやめてくれってば。呼び方もリュカでいい」

（ほう）

クナはそこでリュカの本名を知った。リュカというのは幼名で、あだ名として使っているのだろう。

これはいいことを聞いた、と思ったクナは慇懃《いんぎん》に頭を下げた。

「では行きましょうか、リュカリオン坊ちゃま」

「クナぁ！」

さっそくからかうと、リュカが珍しく情けない悲鳴を上げる。使用人の男性が声を上げずに笑った。

クナは屋敷の中へと案内される。

道順を覚えるにも苦労しそうな、広い屋敷である。絵画や壺《つぼ》など、いかにも高そうな調度品がいくつも飾られている。

素人同然のクナの目からしても、壁や調度品の色合いや装飾にこだわり抜き、調和が取れた空間が演出されているのが伝わってくる。

(売ったら、どれくらいになるかな)

だからといって芸術に関心を寄せるクナではなかったのだが。

踊り場に飾られた絵画の値段にひっそりと思いを馳《は》せている間に、女主人の部屋の前に到着していた。

使用人が叩扉すると、中から侍女が答えた。

内側から扉が開いた瞬間である。さっと人影が滑り込むようにして、正面からリュカに抱きついていた。

「うわっ」

リュカが短い悲鳴を上げる。

そんな彼に童のように強く抱きついている女性とリュカとを見比べ、クナは小首を傾《かし》げた。

「恋人?」

「オレの母さんだよ!」

(まぁ、分かってるけど)

あまりに熱烈な歓迎なので、あるいはと思ったのだ。

リュカが抱きつかれたまま、部屋の中に移動する。続いてクナは部屋へと入った。

使用人は部屋の外で待つというので、ロイを預けることにした。リュカの母親が動物嫌いの場合もあるからだ。

「母さん、離してくれって。クナが来てるんだから」

苦々しそうなリュカの声を聞きながら、クナは失礼でない程度に室内を見回す。

女主人の私室は、きらびやかな一室だった。

室内には明るい日の光が降り注ぎ、開いた窓からは暖かな春の風が舞い込んでくる。

部屋の中は、庭園に咲く花の香りがした。女主人の部屋というだけあり、日当たりが良く、花が咲き誇る庭園を望む露台までついているようだ。

「イシュガル奥様は、やんちゃな坊ちゃまが心配で仕方がないのですよ」

取り成すようなことを侍女が言いつつ、その女性——イシュガルをリュカから引《ひ》っぺがす。

そのときになってようやく、クナはイシュガルの顔を見た。

年の頃は四十代前半くらいだろうか。長い髪は結ってきちんとしているが、化粧は控えめで、服装も寝間着らしい軽装にガウンを羽織った簡素なものだ。

目が合えば、やや気恥ずかしげな微笑みが返ってくる。老いを感じさせない美しい顔立ちが、リュカとそっくりだった。

イシュガルの口元が大きく動いた。『初めまして』と言っている。

侍女がイシュガルの手を取って優しく誘導し、豪奢《ごうしゃ》な寝台へと導く。

寝台に腰を下ろした女主人は、何度か尻《しり》の位置を落ち着きなく調整した。その間に侍女が椅子を運んできたので、クナは寝台のすぐ横に隣り合うように座らせてもらうことにした。

目顔で合図され、クナは右の手のひらを差しだした。

その手を取ったイシュガルが、指先で手のひらに文字を書き始める。クナはくすぐったさを我慢しながら、その文字を読み取った。

『ご挨拶《あいさつ》が遅れてしまったわね。わたくしはイシュガル・リッドと申します』

「クナです」

『ねぇクナさん。あなたリュカちゃんとは、どういう関係なのかしら？』

「おい、母さん」

上から覗《のぞ》き込んでいたリュカが、焦って割り込もうとする。クナはさらりと事実を答えた。

「顧客と魔法薬師です」

「……うん。そう、そうなんだよな」

複雑そうな顔で肯定するリュカだが、イシュガルはといえばレースのついた内履きを機嫌良さげにぱたぱたさせている。

『リュカちゃんが女の子を連れてくるのは初めてだから、舞い上がっちゃった。それじゃあクナさん、よろしくね』

「こちらこそ」

クナは名乗る姓を持たないし、薬師という職業からして、平民だと気がついたはずだ。だがイシュガルは、セドリクたちと同じく友好的な態度だった。

「では、症状について教えていただけますか？」

イシュガルが頷《うなず》いて、控える侍女を見やる。彼女がイシュガルに代わって説明してくれるようだ。

まず、自覚症状が出たのは九か月ほど前。口を開いてもうまく声が出せない日があり、戸惑うことが多かった。その時点では、時間が経《た》てば少しずつ回復するのであまり気にしていなかった。

しかし一月《ひとつき》前には、まったく喋《しゃべ》れない状態になった。気分が塞《ふさ》ぎがちになったため、今は部屋で食事をとり、湯浴みの際は真鍮《しんちゅう》の浴槽を部屋に持ち込んでいる。部屋の外に出るのは庭で花を摘むときくらいだという。

今まで何人もの医者にかかったというから、何度も説明したことなのだろう。侍女の口調に淀《よど》みはなく、イシュガルも何か付け足すことはなかった。

一通り話を聞いたあと、今までの診察記録を見せてもらう。クナは医者ではないので、診察に必要な器具の持ち合わせがないのだ。

（喉《のど》に炎症の様子はない。鼻や口内にも異常は見られない、と……）

気になるのは、体重がかなり落ちている点だ。

調剤された薬については、まとめた書類を見せてもらった。今まで喉の炎症をおさえる薬や、痛みに効果的な薬が処方されたようだが、どれも効果がなかったという。

「軽く問診がしたいんですが、いいですか。侍女の方ではなく、イシュガルさんに答えてほしいんですが」

クナの要請にイシュガルは微笑み、頷いた。

クナはいくつか質問を繰りだした。先天性の病の有無からはじまり、この一年あたりで頭を打ったり転んだりしたことはあるか、親族の持病、普段の食事内容や睡眠時間、散歩の頻度など、あらゆる質問をする。

「咳《せき》はできますか？」

そこでイシュガルが面食らった様子を見せたのは、それが初めての質問だったからだろう。

イシュガルはリュカと侍女とを交互に見てから、けほっと咳をしてみせた。特におかしな咳ではない。

「今日の日付を、私の手のひらに書いてみてください」

次は特に躊躇《ためら》うことなく、さらさらと書いてくれた。日付に間違いはなかった。

「最近の悩みごとはありますか？」

これには、真面目な顔で書いてくれる。

『リュカちゃんが冒険者なんて危ない仕事をしてること』

イシュガルがこれ見よがしに肩を竦《すく》める。壁際のリュカは困り顔をしていた。

「なるほど。ありがとうございます。これで問診は終わりです」

壁に寄りかかっていたリュカを、クナは振り返る。

「リュカ。少し出ててくれる？」

「分かった」

そうする必要があるからだと、リュカはすぐに納得してくれたようだ。

彼が部屋を出て行くと、室内にはクナとイシュガル、侍女だけが残る。足音が遠ざかっていくと、イシュガルがクナの手のひらに人差し指を走らせる。

『クナさん、リュカちゃんから信頼されているみたいね』

「それは、どうでしょう」

リュカは、誰にでも平等に優しいように見える。よそ者のクナにも親切に振る舞うような青年だ。そんな心の声を聞き取ったのか、イシュガルがふっと微笑む。

『あの子は優しい子に育ったけれど、誰にでもそんなふうに接する考えなしのお馬鹿さんじゃないのよ。……それで、何かわたくしに訊《き》きたいことがあるのよね？』

「ええ」

クナは頷き、最後の質問を口にする。

「では、最後に伺います。イシュガルさんは、今も――、」

イシュガルは目を見開いてから、ゆっくりと、回答を指先で記した。

クナがひとりで部屋を出ると、離れた廊下の柱に寄りかかっていたリュカがぱっと顔を上げた。その足元でロイがちろちろと赤い舌を出して水を飲んでいる。暑いからとリュカか使用人が気を遣ってくれたのだろう。

「クナ、どうだった？」

近づいてきたリュカに、クナは軽く頷く。

「死の森で採れる薬草を使う」

リュカは驚きと興奮が隠せない様子だ。

「それって、幻の薬草か？　やっぱり、それがあれば母さんは治るんだな？」

クナは、はっきりと頷いた。

「うん」

「やった！」

リュカは喜色満面で頷く。自分の予想が当たっていたのが嬉《うれ》しかったのだろう。

――ロイは、クナのことをじっと見つめている。クナはあえてそちらを見なかった。

「私は明日死の森に入るよ」

クナが口にすれば、リュカが、決意を秘めた目で言う。

「なら、オレも一緒に行く」

「分かった」

自分で言っておいて、承諾されるとは思っていなかったらしい。リュカは惚《ほう》けた顔をした。

クナは言い添える。

「明日の早朝、南門で待ち合わせね」

「……！　ああ！」

リュカがぱっと顔を明るくする。

「それじゃ、玄関まで送ってくよ」

「いいよ。リュカもいろいろ準備があるだろうし」

素っ気なく見送りを断ったクナは、踵《きびす》を返す。

「きゃんっ」

玄関口から外に出ると、ロイが一鳴きした。

ふんふん言いながら、クナの脛《すね》を前足で蹴《け》ってくる。責めているのか、励ましているのかは、やはりよく分からないが。

クナは詰めていた息を吐きだした。

「私の嘘が、分かったの？」

「クゥン」

ロイの温かくて小さな頭が、脛のあたりに押しつけられる。やはりこれは、励ましているつもりなのかもしれない。

クナはしゃがみ込むと、ロイの頭をわしわしと撫《な》でてやる。手が引っかかったので見てみると、ロイの頭の上に小さな毛玉ができていた。

そういえば、こいつ用のブラシを買ってやってないなとクナは思いだす。そもそも自分の髪を梳《と》かすブラシも、クナは持っていないのだが、そちらには気が回っていない。

クナは唇に人さし指を当てる。

「リュカには、内緒だからね」

「きゃん！」

ロイは、元気に返事をした。

第七章　幻の薬草

朝は一回、昼は二回。そして夕方に三回。

一日に三度、教会の尖塔《せんとう》で鳴らされる鐘。風に乗って穏やかに響き渡るのは、アコ村の緑青をふいた鐘の音とは違う音だ。

腹が膨らみすぎると、動きと思考が鈍る。五の月を迎えたその日、クナの朝食は山ぶどうパンひとつだった。ふんだんに山ぶどうをちりばめたパンは、表面に焦げた十字の切り込みが入っており、香ばしくておいしかった。

朝に弱いというリュカは、クナとロイが着いた頃には、意外にも南門の前で待っていた。いつぞや森の中で発見したときと同じような格好をしているが、マントは新しいものだ。

だが、こんもりと盛り上がった背嚢《はいのう》を彼が背負っているのを見て――クナは絶句する。

「なに、その大荷物」

リュカは堂々と言い張る。

「死の森に行くんだ。これくらいの装備は必要だと思って」

クナは呆《あき》れた。背嚢を下ろさせ、中身を遠慮なく漁る。

分厚い毛布、小天幕、携帯鍋《なべ》、下着、水筒、チーズやナッツなどの携帯食……どんどん出てくる。

下着まで見られたリュカは恥ずかしかったのか、唇を曲げており、こちらを見ている門衛も同情的な眼差しをしているが、クナは気にしない。というのも下着どころか、彼の清拭《せいしき》をしたクナは一糸まとわぬ裸体すら見ている。

「鍋は私のがあるから、水筒と食料だけ持って。他はいらない」

「雨が降ったらどうするんだ？」

「平気だよ。洞窟《どうくつ》や木のうろがある」

最終的に、リュカの手元には革袋と、腰の長剣に短刀だけが残った。せめて重い荷物は預けてほしいと言うので、クナの鍋はリュカに持ってもらうことにする。

他の荷物は門衛に預けることになった。親切なことに、領主邸まで送っておいてくれると言う。

ではは出発というところで、舌を出してはっはと呼吸する丸っこい小犬に、リュカは眉《まゆ》を寄せた。

「クナ、ロイは危ないんじゃないか？」

「……こいつはいいの」

「わんっ」

狼の姿であるときのロイには何やら、特別な嗅覚《きゅうかく》が備わっているようで、珍しい薬草、それに食料を次々と見つけてくれた。

今回、クナがロイに期待するのは、リュカの護衛としての役割である。魔猪とも戦う気概を見せていたのだから、この犬――もとい狼は、それなりの戦闘力を有しているはずなのだ。

小型犬が狼に変身したとして、リュカならば、口止めすれば言いふらしはしないだろう。

「目的は幻の薬草、だな！」

頷くクナは、十数本の矢が入った矢筒と弓を背負っている。ひとりならば武器は持たないが、リユカがいては何か想定外の事態が起こるかもしれない。自分と、彼の身を守る手段は、多いに越したことはない。

というのもリユカを連れてきたのは、何か大きな目論見があってのことではない。

隣町や王都から高名な医者を呼んだにもかかわらず、治療できなかったイシュガルの症状。

その理由には勘づいているクナだが、リユカがここにいるのは、クナがそれをどう伝えたものか悩んだ結果なのだ。

（いや。正しくは……）

クナは一度、考えるのをやめることにした。

「それにしてもお前たち、本当に死の森に入るつもりか？」

門衛二人は心配そうにしている。若いほうがトール、中年のほうがベイだ。何度も顔を合わせているうちに、クナは自然と彼らの名前を覚えていた。

「大丈夫だ。クナはオレが命に代えても守る」

「おれたちが心配してるのはお前だぞ、リユカ」

ベイはすっかり呆れた様子だ。

「くれぐれも油断するなよ」

クナとリユカはこくりとひとつ頷いた。

「リュカ、私が先を歩くよ」

「分かった。よろしく頼む」

二人に見送られて歩きだす。背負う矢筒の重さには、少し違和感があった。

（ここしばらく、弓は触ってないけど）

クナが弓を使っていたのは、マデリに拾われるより前のことだ。幼いクナは森に転がっている道具を見つけては、使い方を模索して、森での生活に活用した。弓矢も、その中のひとつだ。

拾った弓は大きく、クナには扱えなかったが、森の中の植物や、罠《わな》を張って捕まえた魔鶏の羽根をむしって、子どもでも引ける弓を手作りしたことがあった。

久方ぶりに作った弓も矢も上出来だったが、町中では練習できなかった。自分の腕が鈍っていないことを信じるしかないだろう。

（おかげで、背負いかごは持ってこられなかった……）

リュカの荷物を減らしたように、クナもまた、大さなカバンを肩にかけるのみである。

かごなどの私物は宿屋に置いてきた。亭主に、よく調理場を借りる心づけと共に、多めの硬貨を渡して頼んである。いつ戻ってこられるか分からないからだ。

だが憂慮すべきこともあった。森は薬草や食料の宝庫なのである。気を抜けば、クナは衝動に抗えず、いくらでも薬草やきのこを摘みたくなってしまうだろう。

（今日は控えめにするぞ、ちょっと控えめ）

そう、自分に言い聞かせ続けるクナである。

クナは立ち止まって振り返ると、門が見えなくなったのを確認した。遅れて足を止めたリュカの頬は緊張ゆえか引き締まり、その青い目は落ち着きなく周囲を見回している。

クナと別れた——正しくはクナに置いていかれたあと、リュカは自力で森を抜けだしている。未開の森を生き抜く知恵は、多少は彼にも備わっているだろう。

だが、森で生きた過去があるクナには遠く及ばない。

「ロイ、大きくなってくれる？」

ふいに放たれたクナの言葉に、リュカは何事かと思っただろう。だが彼が口を挟む暇もなかった。わん、と鳴いたロイが、くるくると回りだした。瞬きをすればその姿は、美しい白銀の毛をした狼へと変わっている。

「え？　ロイ？」

「こっちがロイのもともとの姿なんだよ」

呆気《あっけ》に取られるリュカに、クナは説明する。といってもロイについて、クナにも分かっていることは少なかった。

「私が怪我をしたリュカを見つけたのは、森の中で出会ったロイが導いたから。ロイは……たぶん、魔獣ではないと思うんだけど」

自信なさげに言うクナを、ロイがどこか、むっとした顔つきで見てくる。

リュカは未だ不思議そうな眼差しをしながら、そっと手を出した。大きな手のひらで、ロイの頭を撫でる。狼は黄金を溶かしたような美しい目を細めて、されるがままになっている。リュカの頭の中で、狼と小犬は、ひとつの姿に重なったのかもしれない。

二人と一匹は、再び森の中を歩きだした。クナが先導し、リュカが真ん中、ロイが最後尾だ。

小枝や木の葉を踏み、藪をかき分けて、クナは道とは呼べない道を進む。魔獣がよく使う道は、踏まれたり食われたりして下生えが揃《そろ》っていないことが多いので、鉢合わせを防ぐためにそういう道は避けている。

「幻の薬草っていうのは、どこに生えてるの？」

クナが問うと、息を切らしたリュカが答える。

「言い伝えでは、死の森にあるっていう泉か、大樹の近くか、崖《がけ》の下に生えてるそうなんだが……」

（曖昧《あいまい》すぎるな）

それでは特定しようがない。崖はともかく、クナはこの森でそれらしい泉や大樹を目にしたことはなかった。

太く地中から張りだした根を避けながら、リュカが神妙な顔で言う。

「でもオレは、正解は大樹じゃないかと思うんだ」

「どうして？」

その続きは、昼食の最中に話すことになった。リュカが歩き疲れてしまったからだ。本人は必死に隠していたようだったが、身体の動かし方を見ればクナには一目瞭然《いちもくりょうぜん》だった。

手頃な岩に腰かけて、干した果実を並んで頬張りながら、リュカはこう切りだした。

「なぁクナ、『聖薬伝』って知ってるか？」

「知らない」

初めて耳にした響きに、クナは不思議そうにする。

「イシアの古い伝説なんだ。原文は、確かこう」

リュカはそう言って、諳《そら》んじてみせた。

…………病んだ不毛の土地に　あかね色の光差す
色づく森の向こうから聖女はやって来た　白き聖獣に跨《また》がって
緑の手は奇跡を生みだし　あまねく人を癒やしたもう
人々に訊《たず》ねられ　彼女は指さした
私は果ての森山脈から　大樹を目印に歩いてきた
お前たちが笑えば　私は向こうに帰るのだ…………

「――これを基にした吟遊詩人の歌なんかもよく聴くけどな。聖女が初めて姿を見せた土地はウェスだって言われてるから、町中には至るところに聖女像がある」

そういえば、それらしきものを広場で見かけたことがあった気がする。

リュカはちらりとクナを見てから、ロイを見た。

「もしかしたら、聖女……聖獣も実在したんじゃないかと思ってな」

「……ああ」

クナは納得した。狼に変化したロイを見て、物語に登場する白き聖獣ではないかとリュカは考えたのだろう。

（それは、あり得るかも）

森の中で、ロイのような白銀の獣をクナは見たことがない。

狼は群れを作る生き物だ。果ての森山脈というところから、ロイがやって来たのなら、そちらにロイの仲間も棲息《せいそく》しているのかもしれない。

そう考えると、リュカの話に少しずつ興味が湧いてきた。クナは水筒の水を飲み、濡《ぬ》れた口元を拭《ぬぐ》うと、思いついた疑問を口にした。

「昔、この国に何かの病が広がってたってこと？」

だとしても、人だけではなく、土地が病むとはどういうことなのか。

しかし明確な答えはなかった。というのも首を捻《ひね》るリュカも、伝えられる以上のことは知らなかったからだ。

「続きに頻出するのは、大いなる災厄って言葉かな……でも、具体的にそれがどんなものだったのかは分からない」

クナが目顔で理由を問うと、リュカが頬をかいた。

「家に書物があるから、良かったら読んでみてくれ。途中から、その、ほとんど聖女を巡った恋愛物語になるんだ」

「……へぇ」

クナはしらけた顔をしていたかもしれない。リュカはばつが悪そうだったが、伝説の続きが俗物的な内容であるのはリュカのせいではない。

アコ村でも、物語を知る老人は人気者で、数少ない娘が集まっては、広場で輪になって彼の話を聞いていた。クナは一度も交ざったことがなく、薬草や野草の本ばかり読んでいた。

「分かるのは、オレたちの先祖が困っているところに聖女が現れて、救いの手を差し伸べてくれたってことだな。ポーションも、聖女が人々に伝えたものらしい」

クナは目を見開いた。

(確かにポーションは、薬類の中でも常軌を逸してる)

あれほど迅速に外傷を治す薬は他にはない。それも人の理から外れた存在が授けた薬なのだと思えば、辻褄が合うかもしれない。

「聖女はどうなったの?」

リュカが悲しげに眉を寄せる。

「聖女は、土地や人々が活力を取り戻した姿を見て、この地を去ろうとしたらしい。でも当時の王族はそれを許さず、彼女を無理やり国に縛りつけようとした」

容易く想像のつくことだった。当時の人々の心があまねく美しかったわけはないだろう。聖女の能力を、時の権力者は喉《のど》から手が出るほど欲したのだ。

「聖女は聖獣に跨がって逃げだした。怒った王がその背に矢を放つと、左の肩口に一本だけ刺さったんだが、そのあとは一本も当たらなかった。それは特別な魔法がかけられた矢で、射られたものの居場所を弓へと教えるらしい。でも聖女は矢を抜かないまま、森に去って行って……兵士たちは魔法の弓の導くままに追いかけたが、結局見つからなかったんだと」

「……ふぅん」

「それから少しずつ、森は変わっていった。聖獣の住む森は魔獣の巣窟《そうくつ》へと変わって、足を踏み入れたら死を免れない場所となった。人間が聖女を裏切った罰じゃないか、と言われてるな」

リュカが大きく息を吐く。

「……森の向こうには何があるんだろうって、子どもの頃はずっと考えてたよ」

遠くを見るリュカは、伝説の続きに心を弾ませてはいなかった。横顔は微笑んでいたが、眼差しには憂いがあった。

「そこには、もしかしたら地図にも載っていない国があって、聖女はそこで元気に暮らしてるのかもしれない。いや、数百年も前のことだから、さすがに亡くなってるとは思うけど」

「…………」

クナは悩んだ。しばらく黙っていたが、最終的に口を開いたのは、彼にならば訊《き》いてもいいかもしれないと思えたからだ。

リュカの瞳《ひとみ》に、幻の国への憧《あこが》れはなかった。彼はただ、人々を救いながらも傷つけられた聖女が、健やかであるようにと願っていたのだ。

「リュカ。今から私が言う村や町の名前に、聞き覚えがあるか教えてくれる？」

「おう。いいぞ」

クナは記憶にある、二十に近い町名や村名を口に出してみた。

だが、リュカはどの町村のことも知らないようだ。

「悪い、どれも聞いたことないな。響きもイシアの地名っぽくないような気がする。アルミン兄さんに訊けば、もっと詳しく分かるかもしれないけど」

「そっか」

クナは平坦《へいたん》な返事をした。きっと、アルミンに訊ねても答えは変わらないだろうと思ったのだ。

(ばあちゃんが若い頃に旅したっていう、村や町)

そのひとつも、きっと、こちらにはないのだ。

(ばあちゃんは、もしかしたら……聖女と同じ場所から来たのか?)

もどかしい。マデリは死んでしまった。もう、答えは分からないのだ。

だがマデリが何者だったとしても、クナにとってのマデリそのものは変わらない。厳しくて、ごくたまに優しい、そんな人だった。

リュカは何か訊きたそうにしていたが、考え込むクナの顔を見て口を噤《つぐ》んでいる。

そのときだった。

ばささっ、と連なって、鳥の羽ばたく音が響いた。

リュカが頭上を見上げたときには、すでにクナは動いている。背から下ろした弓を構えると、クナは矢筒から引き抜いた矢を、淀《よど》みのない動作で番《つが》えていた。

枝葉を揺らし、木々の間をすり抜けるようにして飛びだした鳥の群れ。

その一羽に狙いをつける。

きりきりと限界まで弓を引き絞り、放たれた矢は、ひゅんと風を切って空を駆けた。そして、空を飛ぶ鳥の後ろ頭を正確に射貫いた。

落下していく地点を、目を眇《すが》めてクナは計る。

「よし、行こう」

声をかけて歩きだす。ロイと、精度の高い一射に見惚《みと》れていたリュカも慌ててついてくる。

「他の魔獣も向かってくるかもしれないから、気をつけて」

リュカは無言のまま、頷《うなず》いた。幸運なことに獲物を諦《あきら》めることにはならず、草葉の中に落ちていた鳥をクナは見つけた。

魔獣ではなく、野性の鳥だ。死の森にも少なからず、魔獣化していない獣が棲《す》んでいる。判別するには、体臭や図体もそうだが、目の色を見ると分かりやすい。魔獣は闇夜でも光る不気味な赤い目をしているのだが、目の前の鳥は黒々とした瞳をしていた。

紫がかった茶色い羽の鳥は、すでに息がなかった。クナは短く祈りの呪を唱えた。

(今日の夕食だ)

頸動脈《けいどうみやく》を切って血抜きをしようとしたときだ。クナは異変に気がついた。騒がしい虫の声がすっかり止んでいるのだ。ロイも耳を立てて、周囲を警戒している。

クナは矢が刺さったままの鳥の足を掴《つか》んで持ち上げた。まだ温もりがあった。

「リュカ、走って」

言うなり走りだすクナの目線は、風上にある洞窟《どうくつ》を捉《とら》えていた。

狭い入り口をくぐり、薄暗くひんやりとした内部に足を踏み入れる。小さな洞窟だから、すぐに奥に突き当たった。

「魔狼……ううん。魔犬の群れか。近くまで来てる」

声が反響しないよう、精いっぱい背伸びをしてリュカの耳元に囁《ささや》く。薄暗がりの中、リュカの表情が、はっきりと強張《こわば》っていくのが見て取れた。

「ここにロイと一緒に隠れてて。私は様子を見てくる」

ようやく、リュカが口を開く。

「オレも行く」

「足手まといだから」

端的な拒絶に、リュカが絶句した。形のいい唇が震えた。

だが、クナは歯に衣着せるということを知らない。手にしたままだった鳥を冷たい地面に横たえると、こう言い残した。

「獲物の羽根でもむしって待ってて。……日が沈んでも私が戻ってこなかったら、次の日にウェスに戻って」

前半はリュカに向けて、後半はロイに言ったものだった。リュカは、すぐには気がつかなかったかもしれない。

「でも、ひとりじゃ」

「さすがに魔犬と戦う気はないから大丈夫」

クナは足音を立てずに洞窟を出た。

群れ相手にひとりで戦うのは、いくらなんでも無謀すぎる。様子だけ見て、問題がなければ戻ればいい。

魔犬は鼻が利く。クナは顔や身体に、におい消しの草をすりつけて、洞窟から離れた。

しばし茂みの中に伏せて身を隠し、辛抱強く待つ。

やがて灌木《かんぼく》を横切り、数匹の魔犬が姿を見せた。しばらくうろうろとにおいを嗅《か》ぐ仕草を見せていたが、こちらや風上にある洞窟に気がつくことはなく、別方向へと走り去っていく。

木の葉を踏みしめる音が遠くに離れると、クナはもぞもぞと茂みから顔を出した。

「……ふぅ」

洞窟への帰り道では、群れからはぐれたらしい魔兎《まと》を見つけて狩った。人を蹴《け》り殺す凶暴な魔獣だが、肉はさっぱりとしていてなかなかおいしいのだ。

首を切り落とし、水魔法で浄化しながら、その場でできる限り血を抜く。

日は暮れつつあった。魔兎の足を太い枝に紐《ひも》で括りつけて、クナは洞窟へと持ち帰った。

「ただいま」

返事はなかったが、小さな洞窟内からは人の気配がしていた。

この魔兎も今夜味わおう、とクナは獲物を掲げて言うつもりだった。だが、言葉にならなかった。

リュカが泣いていたのだ。

「…………え」

クナは足を止め、口を開けたまま固まった。

地面に直接座り込み、膝《ひざ》を抱えたリュカは、どこか茫洋《ぼうよう》とした眼差しをしていた。目の焦点は合っておらず、顔はひどく青ざめている。

両目からは透明なしずくがいくつも流れ落ちて、顎《あご》を伝い、色の変わった服の袖《そで》へと染み込んでいく。脇にはロイがお座りしていて、矢が刺さった鳥は、クナが置いた位置から動いていなかった。

クナはとにかくびっくりした。年端もいかぬ子どもならまだしも、年上の男が泣くところというのを、初めて見たのだ。

なんとか衝撃から立ち直り、クナはリュカの前で膝をついた。いつかと逆のようだと思った。

「リュカ？」

ようやく、リュカが目の前のクナを見た。

しばらく呆然《ぼうぜん》としていたが、その頬が一気に歪《ゆが》んだ。また大量の涙がその目に盛り上がり、真っ青な頬をさまよいながら流れていく。

「どうしたの。疲れた？」

「クナが」

リュカは上擦った声で、それだけ言った。何度か口を開こうとするが、うまく言葉が出てこないようで、縋《すが》りつくような、途方に暮れたような目でクナを見やる。

（ああ、もう）

クナは自分の頭をくしゃりとかいた。

扱いに困る。今のリュカは図体ばかり大きい子どものようなものだった。

しかし涙というのは、どうやったら止まるのだろう。甘やかされた経験のないクナには、分からない。泣き続けて、泣きながら疲れて眠るのだけが、クナにとって最も確実な方法だった。

（……でも、一度だけ）

そうだ、と思いだす。六歳の頃だ。高い熱を出したクナは、熱冷ましの効果を試そうとはしゃいでいたのだが、怒ったマデリに無理やり寝かされたことがあった。

老婆はぶっきらぼうな手つきで、クナの頭を軽く叩《たた》いた。痛いと文句を言うと、舌打ちして、ざらついた手で……。

あの手を真似るように、クナは右手を動かしていた。

リュカの髪の毛は、驚くほど手触りがいい。絹のような感触は撫《な》でるほうも心地よいくらいだ。

クナは気がつけば夢中になって、リュカの頭をしきりに撫でていた。

やたら一生懸命に撫で続けるのを、リュカはぽかんとした顔で見上げていたが、そのおかげか少しだけ平静さを取り戻したらしい。涙の跡を拭《ぬぐ》っている。

「……ごめん。オレ、クナが死んじゃったと、思って」

「勝手に殺すな」

リュカはまた、ごめん、とか細い声で呟《つぶや》いて、洟《はな》を啜《すす》る。

わけを問うようにクナが見つめれば、リュカが眉尻《まゆじり》を下げる。

「……アルミン兄さんは頭が良くて、クリフ兄さんは剣の扱いが誰よりもうまくて……オレは、でも、なんにもなかったんだ」

クリフというのは、リュカの下の兄だろう。クナは余計な口を挟まなかった。リュカの頭は撫で心地が良かったし、洞窟に反響してくぐもったリュカの声は、耳の中に自然と入り込んでくる。

ぽつぽつとリュカは語った。

十二年前――リュカが五歳の頃、数頭の魔獣が塀を越え、ウェスに侵入してきたことがあったという。

その頃、十五歳のアルミンは次期領主としての勉強を始めていた。十二歳のクリフは、ウェスを出て寄宿学校に通っていたが、長期休暇で帰省していた。腹違いではあるが、年の離れた弟を二人の兄はよく可愛がってくれたそうだ。

指揮を執るセドリクには家から出るなと言いつけられていたリュカだが、イシュガルの手を振り切って外へと飛びだした。魔獣と戦う父や兄を手伝いたい一心だったのだ。

しかし、その判断は誤りだった。リュカは危うく魔獣に殺されかけた。そこを救ったのは兄のクリフだった。

「クリフ兄さんはここに隠れて待ってろって、オレを物置に隠して勇敢に戦ったんだ。でもオレのせいで、怪我をして……」

そこまで聞いて、クナはようやく分かった。洞窟に置いていかれたリュカは、そのときのことを思いだして、あんなにも怯《おび》えていたのだ。何かを怖がるように泣いていたのだ。

「役立たずなのはいやで……だから冒険者になったのに。オレ、今日も足手まといだった」

「うん」

それは事実であったので、クナははっきりと首肯した。

リュカが唇を嚙《か》み締《し》める。隠しようのない悔しさが、濡《ぬ》れた瞳《ひとみ》ににじんでいる。

「もしもクナが帰ってこなかったら、どうしようって。クナはオレよりずっと強いって分かってるけど、……」

何かに気がついたように、リュカの目が一瞬、光った。

少し名残惜しかったが、クナはリュカの頭から手を離すと、夕食の準備に取り掛かることにした。日は暮れかけていたし、すっかり腹が減っていたのだ。

鳥は血抜きをしていないが、鮮度がいいので問題はない。リュカの短刀を借りて鳥も魔兎も内臓を取り除き、毛や皮を剝《は》ぐと、骨ごと煮込んで鍋《なべ》にした。

イスーンの葉の皿を渡すと、ぽつりと「ありがとう」と言ったが、食事の間、リュカは一言も喋《しゃべ》らなかった。物思いに耽《ふけ》っているようだった。

「脂身が少なくてうまい」

とクナは呟いたが、これにも返事はない。クナは気にせず、さっぱりとした鳥と兎の鍋を堪能し、軽く炙《あぶ》って柔らかくしたチーズで食事を締めくくった。

森が真っ暗闇に包まれる前に豚の毛で歯を磨き、洞窟の隅に柔らかな草葉でこしらえた寝台を作る。

マントにくるまって丸くなるリュカを一瞥《いちべつ》してから、クナは湯たんぽ代わりのロイに抱きついた。眠気を覚え、クナがうとうとと目を閉じる頃になっても、リュカの寝息はついぞ聞こえてこなかった。

自分を役立たずだと言ったリュカの声が、クナの耳の奥でこだましていた。

◇　◇　◇

翌朝。

鼻先に漂う匂いに誘われて、クナは目を開けた。

「……ふわぁ」

欠伸をしながら、ロイを巻き込んでころりと葉の上を転がり、仰向けになる。

顔を向けると、洞窟の入り口で、逆さまになったリュカが鍋をつついている。昨夜クナが作った竈からは、ぱちぱちと火花の爆ぜる音がした。

物音に気がつくと、リュカは明るい笑みを向けてきた。いつもと変わらない笑顔だった。

「クナ、おはよう」

「……おはよう」

「ゆうべの食事の残りを温めてるから、ちょっと待っててくれ」

「……うん」

リュカは朝に弱い。それなのに、クナより早く目を覚ましている。

(寝られなかったのか)

一睡もできなかったのかもしれない。だがリュカは、昨日よりも顔色が良かった。

クナは手拭《てぬぐ》いを手に、沢で顔を洗ってきた。ロイは流れる水をごくごくと飲んでいる。

朝食の最中、リュカが訊《き》いてきた。

「クナ、今日はどうする?」

クナは鳥肉を頬張るだけで、しっかりとした答えを返さなかった。

森の中を手当たり次第に歩いたとして、リュカの求めるものには辿《たど》り着《つ》けないだろう。

出発のときを迎えると、クナはロイに話しかけた。

「ロイ。幻の薬草のところに、私たちを連れて行って」

ロイの答えは行動によって示された。

聖獣と思しき狼は、迷いのない足取りで歩きだしたのだ。さながら怪我を負ったリュカのところに、クナを導いたときと同じように。

クナとリュカはひたすらロイについていった。ぜえぜえと息を切らしながら、汗を拭い、リュカは必死に足を動かしている。

少しずつ、空気のにおいが変わっていくのをクナは感じていた。獣の体臭が混じった濃い草の香り、湿った土の香りが、もっと清涼な、薫風のような香りに生まれ変わっていくかのようだった。

枝が風に揺れる音、沢のせせらぐ音も、次第に遠ざかっていく。

やがて行く先の木々が途切れたかと思えば、急に視界が広がった。

クナもリュカも、発する言葉はなく、目の前の光景を見つめていた。

――そこは、一面にとりどりの花が咲く花畑だった。

（春や夏の花だけじゃない。秋や、凍りついた冬の花まで……）

その中に、見覚えのない花はなかった。だが、暖かな気候では咲くはずもない花が開いているのを見ると、クナの一瞬の高揚はあっさりと冷め、背筋に薄ら寒いものを感じていた。

夢のような場所であるのは、違いない。だが自然の摂理に反した光景というのは、恐ろしかった。あり得ないものを森の中に生みだした何かへの、根源的な恐怖が足元から這《は》い上がってくるのだ。

（土壌か、水質か、空気か、温度か、虫か、日の光か。それとも……）

この空間のすべては、目に見えぬ何かによって歪んでいるのかもしれない。

「これが、神話に出てくる大樹か」

リュカはといえば頬を紅潮させ、目を輝かせていた。彼の目には咲きみだれる花々は映っていない。花畑の中心にあるものだけを、リュカは一心に見つめていた。

大地に編み目のように広がる根。その中心に聳《そび》えるのは、一本の大樹である。

リュカに続いて花畑に踏み込んだクナは、真下から見上げる。茂った枝を、何羽もの鳥や栗鼠が止まり木にしていた。

まるで大樹という母の腕に、我が身の運命を委ねるかのように、生き物たちは目を閉じている。冬眠をしているわけでもないだろうに、置物のように静かにしていた。

「これがきっと、聖女が目印にしたっていう大樹だ。ここなら、母さんを治せる薬草も……」

伝説の続きを目撃している気になっているのだろう。リュカは歩き回り、薬草を探し始めた。

クナはしばらく、何も言わなかった。花畑を見つめ、柔らかな風を頬に受けていた。

ロイはその隣で大樹を眺めている。ときどき、思いだしたように土のにおいを嗅《か》ぐ。何もしない
ひとりと一匹に、花畑を歩き回るリュカが声をかけてきた。

「なぁクナ。ロイも、一緒に探してくれないか？」

「ないよ」

「……え？」

リュカが立ち止まる。よく聞こえなかったらしい。

クナは声を張り上げた。

「どこにも、あるわけないんだ。万能の薬なんて」

――たとえ、おとぎ話の代物のような大樹が生えていたとしても。

得体の知れない花畑があったとしても。そこに、リュカの求める幻の薬草はない。最初から、そ
れだけはクナは確信していた。

「そんなものがあったら、ばあちゃんだって……助かってた」

言わなくてもいいことを言ってしまった、とクナは思った。頬が引きつったときには遅かった。

「ばあちゃんって？」

リュカが戻ってきた。彼に踏まれた花は、すぐに立ち上がる。折れた茎が、何事もなかったかの

ように再生している。見せかけだけ、植物の振りをしている何か。

「なぁ。オレにクナのこと、教えてくれないか」

昨日のことをやりかえすつもりだろうか。そう思ってしまうのは、クナがそれだけ卑屈だからだ。

「聞いて楽しいことなんて、一個もないよ」

「それでもいい」

食い下がられても、いつものクナならば冷たく撥《は》ねつけていただろう。だが、その日は違った。

クナは語っていた。気がついたときには森で暮らしていたこと。マデリに拾われて、名を与えられたこと。

村中から役立たずだと罵《ののし》られ、挙げ句の果てには冤罪《えんざい》を被り、森に追放されたこと……。

「話してくれてありがとう」

話し終えると、リュカは最初にそう言った。クナは俯《うつむ》いたまま、リュカの顔を見なかった。

彼はそれ以上、言葉を付け加えることはしなかったので、クナの過去に何を感じたのかは分からなかった。

ただ、ありがとうと言えてしまうリュカのまっすぐさが、憎かった。おかしいくらい腹が立った。

(もしも、この男のように)

無鉄砲で、素直で、お人好しであったなら。美しく笑える人間であったなら――。

指先が冷たくなっていく。頭の芯《しん》が、痺《しび》れるような感覚がした。

「羨《うらや》ましい」

気がつけば、クナはそう呟いていた。

「私は、あんたが、羨ましい」

……セドリクも、アルミンも、クリフという名の兄も。

イシュガルも、セスも、ガオンも、ナディだって、リュカを愛している。惜しみなく、掛け値なしの愛情を与えてくれる存在が、リュカには大勢いる。

いったいリュカのどこが、役立たずだと言うのだろう。

村中から嫌われて、たったひとりの家族にすら見捨てられたクナとは、大違いではないか。

「家族や仲間から大事にされてるあんたが、羨ましい。私も……」

そんな風に、誰かに愛されてみたかった。

言葉にはならなかった声が詰まり、喉《のど》奥が震えた。ぎゅっとつぶった目の奥がにじむ。

（私にはこれからも、そんな相手ができることはない）

分かっている。これでは、八つ当たりをする子どもとなんら変わらない。

そんなクナの矮小《わいしょう》な思考に気がついただろうに、リュカが出し抜けに言った。

「クナのばあちゃんも、クナが大好きだったんだろうなぁ」

「……え？」

思いも寄らないことを言われて、クナは戸惑った。リュカの真意を確かめようと顔を上げて、そこでますます驚く。

リュカは泣いていた。また、洟を啜って泣いていた。

喉が震える。鼻の奥がつんとした。どうしてか、クナまで泣きたくなっていた。

しかし一度ならず二度までも泣き顔を見られるなど、うんざりだ。クナは唇を噛み締めて、涙を堪えた。その代わり、責めるような言葉を吐きだした。

「どうして泣くの」

「クナのことが、大好きだからだよ」

クナの頭は追いついていなかった。リュカは何かを誤魔化すように、溢《あふ》れる涙をぞんざいに拭《ぬぐ》うと、早口で付け足した。

「目の前にクナの兄貴がいないのが、悔しい。そいつを今すぐぶん殴ってやりたい」

クナは目を丸くする。誰にでも好まれるリュカが、他人について憎々しげに語るとは思っていなかったからだ。

視線に気がついたリュカは、むっとしたようだった。

「オレは嫌いなやつにまで、笑いかけたりしないぞ。そんなに立派な人間じゃない」

「……そっか」

「そりゃ、そうだよ。呆《あき》れたか？」

クナが首を横に振ると、リュカは目尻《めじり》を下げて笑った。

「ウェスに戻ったら、母さんと話してみるよ」

何かを言われずとも、この二日間で気がついたことがあったのだろう。

クナは目を細めて、笑うリュカを見つめる。

地面に深く根を張った大木のように振る舞うくせに、どこか危なっかしい男だった。

ぬかるんだ土から、たまに細い根が顔を出す。いつ傾くか分からない。そんな危うさがあるから、ナディヤセスは、彼を放っておけないのかもしれない。添え木があれば、木は簡単に倒れたりはしないから。

「でも……オレと話しても、母さんは良くならないんだよな」

「ううん」

その言葉を、クナははっきりと否定する。

幻の薬草などという眉唾物《まゆつばもの》を、クナは最初から当てにはしていない。森に入ったのも、イシュガルを治療するための薬草を入手するためなのだから。

「言ったでしょ。私なら治せるって」

にやりと口の端をつり上げて笑ってみせれば、リュカが目を見開き、それから白い歯を見せて笑った。

「分かった。頼りにしてるぞ、魔法薬師殿」


二人は最後に振り返って、しばらく大樹を見上げた。

(聖女の故郷は、どこにあるんだろう)

大樹の方向を指さした、というだけでは、聖女がどの方角からやって来たのか分からない。

『聖薬伝』なる書物に記されているという聖女の言葉は曖昧《あいまい》だ。ポーションの調合方法だけが、彼女の遺した大きな遺産として、確かに伝わっているのだ。

──あるいは、ロイにその場所を問い質したなら、連れて行ってくれたのだろうか。

しかしそう思うだけで、クナは口にはしなかった。

未知の場所と聞くだけで心が躍る。そこにはクナの知らない草が生え、花が咲き、植物が育っているかもしれないからだ。だが好奇心の羽を伸ばすに至らなかったのは、得体の知れない不安のようなものが、胸に靄《もや》のように広がっていたからだろう。

聖女の行方を気にしていたリュカも、同じことを思いついただろうに、何も言わなかった。

やがて、どちらからともなく歩きだした。一度も振り返りはしなかった。

第八章　クナのホットパック

翌々日。

前日の夕方頃にウェスへと戻ってきたクナは、再び領主邸を訪れていた。

イシュガルは今、自室でリュカと話している。森に入った件を二度も秘密にしていたそうなので、謝罪も含めて、今まで言葉にしてこなかったことを口にしているのだろう。

この間に、クナはイシュガルに処方する薬を作る手筈《てはず》になっていた。

「ウゥ……」

厨房《ちゅうぼう》を覗《のぞ》き込む小さな頭の持ち主が、恨めしげに鳴いている。ウェスに帰ってきて、また小犬の姿に変身したロイである。

猫などの小動物に比べると、ロイの毛は太く重い。風に乗って空中を漂ったりはしないし、今回作るのは口に入れる薬ではないのだが、領主の奥方に処方するものだ。混入を回避するため、クナはロイに厨房への立ち入りを固く禁じた。だから先ほどからロイは、不満げに厨房近くを行ったり来たりしているのだった。

火が使える場所はあるかと問うたクナに、リュカは領主邸の厨房を貸しだした。領主邸お抱えの料理人たちは、今は出払っている。彼らが昼食の支度のため戻ってくる前に、クナは準備を済ませねばならない。

厨房内は広々としており、アコ村の薬屋や、アガネの調理場とは比べものにならなかった。

窓際にはいくつもの竈が整然と並び、一面の壁が煤《すす》けている。自在鉤《はり》には、銀色に光る調理用具がいくつも下げられていた。使い込まれている分、きっちりと手入れされているようだ。煙だしの穴から逃げていかなかった朝食の残り香は、今も室内をさまよっている。

クナは髪を後頭部でひとつに結び、前掛けの裾《すそ》を伸ばした。

死の森では大量の薬草と茎葉を集めてきた。沢でひとつずつ手に取り、葉の裏や茎についた土や埃《ほこり》を丹念に取った。リュカにも手伝ってもらい、作業は二回繰り返した。

宿屋に持ち帰ったあとは、まな板に並べて、包丁でざくざくとよく刻んだ。陰干しして乾燥させた薬草を、今日のクナは持参している。

「よし、容れ物はっと」

クナは不織布を取りだす。イシュガルの侍女から支給されたものである。

小さく切り、円形の袋状にした不織布の中に、乾燥した薬草をまとめて入れる。隅を紐《ひも》できゅっと縛りつけて、似たような包みを五つ作った。

「次は……土鍋《どなべ》でもあるかな?」

クナが持っている鉄製の鍋《なべ》や、壁にかけられた調理具では溶出物があるので使えない。

広い厨房内を、クナは歩き回る。背伸びをして首を上げたり、しゃがんで首を動かす動作がおもしろいのか、室外でロイがぴょんぴょん跳ねているのが見える。

そうして捜索している間に、目当てのものを見つけた。

「これは……硝子製の鍋か」

普段は使わない調理具を仕舞ってあるのだろう、布で隠された棚の中から見つける。透明な硝子の鍋はかなりの重量があり、クナは用心深く両手を棚に差し込み、鍋を取りあげた。

陶磁器の鍋はあるかもしれないと思っていたが、さすが領主の館というべきか。珍しいものを持っている。

(なんでも好きに使ってくれ、って言われたからな)

鍋と蓋《ふた》を丁寧に水洗いする。竈に鍋を置くと、たっぷりと魔力水を入れた。

クナは炎魔法で火を熾《おこ》す。鍋に加工してあるということは、熱には耐えられるのだろうが、最初は小さな炎を出して、徐々に調整していく。膨張していないし、問題はなさそうだ。

湯が沸いたところで、先ほど作った小包を鍋に入れる。あとは鍋の湯に薬草の色が染みだしてくるまで、微弱な魔力を流し込みながら煮込めばいい。

「きゃんっ」

ケンを加工した菜箸《さいばし》で、鍋をのんびりとかき回すクナに向けてか、ロイが吠《ほ》えている。

「これが何かって？」

「クゥン」

そんなことは聞いてはいない、と言いたげな嘆きの声である。

クナは菜箸の先でちょんちょん小包をつつきながら、気にせずこう答える。

「温熱治療用の温湿布《ホットパック》を作るんだよ」

クナは小さめの桶《おけ》に薬草が染み込んだ煮汁を移すと、厨房を出た。

湯がたっぷりと入っているので、かなり重い。注意深く運んでいると、通りかかった体格のいい使用人が代わりに桶を持ってくれた。

ほっとしつつ、クナは共に二階へと向かう。

使用人が叩扉すると、すぐに中から返事があった。

開いた扉をくぐるクナ。ロイは今回も部屋の外で留守番だ。ひくひくと動く鼻が垣間見えたが、扉は無情にも閉まっていく。

「イシュガルさん、こんにちは」

部屋には明るい日の光が差し込み、カーテンは穏やかな風に揺れている。

寝台に腰かけるイシュガルに化粧っ気はない。今日はおしゃれや化粧をしないようにと頼んだのはクナだが、彼女は従ってくれたようだ。

だが、その表情は険しく、顔色は青白い。何やら言いたいことがあるようだ。クナが狼狽《うろた》えている間に、部屋にいたリュカが桶を受け取ってくれた。

『二人で死の森に行ったたって聞いたわ』

クナの手のひらに、イシュガルはまなじりをつり上げてそう書いた。

怒るのも当然だろう。クナはイシュガルにとって、大事な一人息子を森に連れだした不逞《ふてい》の輩《やから》に成り下がってしまったのだ。

「すみません、リュカを危険な目に遭わせて」

クナは素直に謝罪した。この件について、申し開きをするつもりはなかった。

『違うわ。リュカちゃんだけじゃなくて、わたくしはクナちゃんが心配だったの』

クナの口の動きが、いったん止まる。

手のひらから顔を上げれば、イシュガルは本気で怒っていた。そのせいで、クナは言うつもりのなかった弁解を口にしていた。

「でも、仕方なかったんです。イシュガルさんを治療するためだから」

『言い訳しない』

「リュカはともかく、私は森に慣れてます」

むむっと、子どものようにイシュガルが頬を膨らませる。

心配されるのにはどうにも慣れない。クナは話題を変えようと、控える侍女のほうを向く。

「清潔な手拭《てぬぐ》いを二枚いただけますか。それと、寝台に敷布か何か敷いてください。寝具が濡《ぬ》れないように」

渡されたのは、やたら手触りのいい手拭いだった。

（頬擦りしたくなるくらい、ふわふわしてる）

素材は絹だろうか。通気性はいいが安い麻に慣れたクナならば、包まれてすぐに眠れてしまいそうなほど上質な生地だ。

（リュカの頭の感触に似てる）

余計な感想は口には出さずに、クナは一枚を桶の縁にかけて、もう一枚を温かい煮汁に浸《つ》けて絞りだした。両手の間で何度か空気を含むように行き来させて、火傷しない程度の熱さになるよう調節する。

「いい香りですね」

侍女が呟《つぶや》く。

縁に花柄のついた敷布の上に、イシュガルが仰向けに横たわる。香りづけの薬草に気持ちが安らいでいるのか、彼女の口元は緩んでいる。腹を立てていたことは忘れてくれたようだ。

長い髪の毛は緩くひとつに結われて、枕の横に流されていた。身体には、柔らかそうな毛布がかけられている。

「イシュガルさん、首を少し上げてもらえますか」

彼女自身が動く前に、侍女がそっとイシュガルの頭と頬を支えて持ち上げる。

クナは首と敷布の間に差し込むようにして、煮汁に浸した手拭いを入れる。頭の位置を定めると、イシュガルが目元を和ませた。

目をつぶったまま手を伸ばすので、クナはその手を取り、自分の手のひらへと導いた。

『温かくて、気持ちいいわ。なんだか入浴しているみたい』

うっとりと表情も綻《ほころ》んでいる。クナはもう一枚の手拭いを絞りながら頷《うなず》いた。

「これは温熱治療といいます。入浴でもいいんですが、今回はホットパックを用意しました。使っている薬草は、血行を促進するものと、疲労回復に効果があるものです」

『温熱治療？　ホットパックというのも、初めて聞くわね』

聞き慣れない言葉ばかりだからか、イシュガルが不思議そうにしている。

侍女に頼むと、イシュガルの目にかかる前髪を持ち上げてくれた。

クナはイシュガルの額から顎《あご》のあたりまで、手拭いを伸ばしてかけた。最初は驚いたらしく、一瞬だけびくりとしたイシュガルだが――温かくて心地よいのだろう、ふぅっと息を吐いている。その肩から力が抜けていく。

『ぽかぽかする』

湯気の上がる手拭いにすっかり包まれてしまったイシュガルの手を、ゆっくりと敷布の上に下ろす。しばらく、ゆったりとした気持ちで治療を受けてほしかったのだ。

全員少しだけ寝台から距離を取る。クナとリュカは椅子に座った。

開け放した窓から、花の香りがする風が入り込んでくる。

温湿布が冷めてくる頃を見計らい、クナは立ち上がる。

「一度、外しますね」

侍女に手伝ってもらいつつ、二枚の手拭いを回収する。

イシュガルはぼんやりと宙を見ている。少し眠っていたのかもしれない。

血行が良くなってきたのか、顔色の悪かった頬には赤みが差している。

「すごい……」

毎日世話している侍女には分かりやすかったのだろう、彼女は思わずといった様子で呟いていた。

まだ煮汁がじゅうぶん温かいのを確認して、クナは再度、手拭いを絞る。

「もう一度、首だけ温めましょう」

『ええ、お願い』

よっぽど心地がよかったのだろう。自分から意気揚々と首を上げてみせる女主人に、侍女が目を丸くしている。

首の後ろに布を当ててやっていると、イシュガルがうろうろと指をさまよわせる。

『クナさん、わたくしはまた喋《しゃべ》れるようになるかしら？』

「はい」

クナが迷いなく頷けば、誰ともなしに安堵《あんど》の溜《た》め息《いき》を漏らす。いちばんほっとしたのは、イシュガル本人だろう。

「毎日、私の作ったホットパックを朝と夜の二回、今日のように目と首に当ててください。夜は薬湯に浸かって全身を温めてほしいです。薬草入りの小包を作ったから、それを使ってください」

侍女が帳面を取りだす。クナに細やかな質問をしながら、そこに真剣に書きつけている。

『クナさん。なんてお礼を言ったらいいか……』

感極まった様子のイシュガルに、クナは首を振った。

「まだ治ったわけではありません。焦らずに時間をかけて、身体を回復させましょう」

少し温めた程度では、症状は改善しない。何度も繰り返し、治療を続けるのが肝要だ。

不幸中の幸いというべきなのか、イシュガルは領主の妻である。農民の妻であれば、数日働けないだけで生活は傾くが、彼女であれば急がずに治療を続けられる。その立場と環境が整っている。

「それじゃあ、私はこれで失礼します。また明日、同じ時間に伺いますので」

『ありがとう、クナさん』

クナはぺこりと頭を下げて、部屋を辞した。しかしすぐに足音が追いかけてきた。

「母さんのためにありがとう、クナ」

追いついてきたリュカが、笑みのにじむ声で言う。

クナはぴたりと立ち止まった。振り向かないまま頬の肉をぐいぐいと引っ張って、引き締めようと奮闘している。

「クナ？」

不審に思ったリュカが回り込み、顔を見ようとしてくるので、クナは結ったままの髪を馬の尻尾《しっぽ》のように揺らし、それを巧みに回避する。

「……だから、まだ声が戻るか分からないんだって」

「だとしても、クナが力を尽くしてくれたのは変わらないだろ。それにあのホットパックというのもすごい。声が出ないのを、目と首を温めて治すことができるなんて。今までどんな有名な医者だって、治すことなんかできなかったのに！」

興奮するリュカを前に、うーん、とクナは首を捻《ひね》る。

嬉《うれ》しげにしているリュカを見ていると、言うべきかどうか迷う。だが、また同じようなことが起きてからでは遅い。

「リュカ。今から、本当のことを言う」

「なんだ？」

「声をなくした人の目と首を温めても、失われた声は戻らない」

リュカは、ぽかんと惚《ほう》けるように口を開けた。

「……どういうことだ？　だってクナは、母さんを治せるって」

「リュカも薄々、気がついてると思うけど」

そう前置きした上で、クナはリュカに話をしたのだった。

◇　◇　◇

その日の夕暮れ時である。

「リュカ、それにクナも来たな。待ちくたびれたぜ」

奥側のテーブルで大声を上げるセスの両隣に、ガオンとナディが立っている。ナディはクナと目が合うと、笑顔で手を振ってくれた。

「クナ、久しぶりね。元気だった？」

「うん。でもお腹が」

空いた、と言い終える前にセスが「おれも」と被せるように同意する。

「とっとと注文しようぜ」

冒険者ギルドとつながる飲み屋には、早くも赤ら顔をして大声で話す冒険者たちの姿があった。総じて汗くさく、酒臭い息を吐く彼らの横を通り抜けて、クナたちは奥のテーブルにつく。

椅子はひとつもないので、全員が立ったままだ。ロイがこれ見よがしに床に伏せをするが、クナも同じように座り込むわけにはいかなかった。

昼間――いろんな話を終えたあと、リュカから飲みに行かないかと誘われた。

その誘いを、最初クナは断った。無論頷く理由がなかったからだが、リュカはこう切り返してきた。

『森の中を案内してもらったし、鍋《なべ》も振る舞ってもらっただろ。飲み代でそのお礼がしたい』

そう言われては断る気は起きず、クナは了解していた。

切実な問題として、実はクナの手元に所持金がなかったというのもある。そのような経緯があり、クナはこの集まりに参加することになったのだった。

「さぁ、今夜はリュカの奢《おご》りだ。クナはエールでいいか？」

「私は果実水で」

「なんだって。労働終わりの一杯のうまさを知らないのか」

セスが愕然《がくぜん》としている。

「酒はあんまり飲まないから」

薬師は酒を扱うことも多い。決して弱いわけではないのだが、思考が鈍るのをクナは嫌う。酩酊《めいてい》して翌日の仕事に差し障るのはなお悪い。

素っ気なく断られて唇を尖《とが》らせるセスを、ナディが肘《ひじ》でつつく。

「クナに無理に飲ませたら、承知しないからね」

「大丈夫だナディ。オレが見張るから」

リュカが胸を叩《たた》く。その横でてきぱきとガオンが飲み物を注文している。よく四人で飲みに来るのだろう、注文する声には淀《よど》みがない。

「ロイの分の水もお願い」

「了解。その犬、ロイっていうんだ」

「可愛いわね、ロイちゃん。じゃなくてロイくん？」

「ワンッ」

ナディがはしゃいでロイを抱っこする。ロイはナディの頬をぺろぺろと舐《な》めている。そんなナディを見てセスが鼻の下を伸ばしていた。指摘するほど野暮ではないクナだが、なんとも分かりやすい男である。

間もなく飲み物が届く。店員も飲んでいるのか顔が赤い。

持ち手のついた木製のジョッキをリュカたちが掲げる。クナも見よう見真似でカップを顔の前まで持ち上げた。何をするのかと見回したくなる気持ちを抑えている。

セスが音頭を取った。

「んじゃ、おれたちの出会いに乾杯！」

「かんぱーい！」

クナは目を白黒とさせつつ、小さな声で唱和する。

ジョッキとカップをがちんと合わせる。水滴が弾けて手元に飛ぶ。

四人が一斉にジョッキを傾けるのを見て、クナもカップの中身をごくごくと飲んだ。ロイも一鳴きして、水の入った器に鼻先を突っ込んでいる。

甘さと酸味がほどよく混ざり合った果実水は、よく冷えた井戸水で割られているようだ。喉越《のどご》しが良く、いくらでも飲めそうだった。

「ぷはぁ」

全員が勢いのある溜め息を吐いている。セスが泡のついた口元をぐいと拭《ぬぐ》った。

クナもあっという間に飲み終えてしまう。しかし喉はともかく、空きっ腹は食事を熱望していた。

「何か注文していい？」

「もちろん。メニューはあっちに書いてあるぞ」

リュカの指の先を見る。壁板には、羊皮紙に書いたメニューが貼りつけてある。くずし文字だがなんとか読み取れる。

ウェスは水が豊富だからか、食事よりも酒類のほうが多いようだ。リュカやナディに都度訊《き》きながら、気になるメニューを注文し終えても、まだクナは羊皮紙を熱心に眺めている。

クナの視線の先に気がついたセスがにやりと笑った。

「おっ。飲む気になったか？」

「違うけど」

「違うのかよ」

消毒用の酒精を調達しようと思ったのだ。手持ちがあるときに店員に確認しようと、クナは頭の中に留めている。


そうして、クナにとって初めての宴会が始まった。

注文した料理が、テーブルの上に次から次へと運び込まれてくる。

大麦パンに腸詰めの燻製《くんせい》。香草を振りかけた芋揚げに、魔鳥と野菜の串焼《くしや》き。白身魚の葉包み焼きに、蒸した塩漬け豚肉、とろとろと煮込まれた鶏卵と魔鳥卵の盛り合わせ……。

たっぷりと料理が盛られた皿や器が並びきるより先に、同じ卓の男たちは手を伸ばしている。そこら中から漂ってくる食欲をそそる匂いに逆らえず、クナも串焼きを手に取った。

肉の色が変わるくらい塩胡椒《しおこしょう》が振りかけられている。湯気が出ているのもお構いなしに、ぱくりと口に入れると。

「んまい！」

思わずクナは声を上げてしまった。別のテーブルに皿を運んでいた店員が、自慢げに笑っている。

舌先を跳ねるようにして、熱い肉汁が口の中に広がる。一口大の野菜と交互に食べるので、まったくくどさがない。

持ち手側に残った肉を、クナは歯で引っ張るようにして、口の中で咀嚼《そしゃく》した。

「魔鳥の串焼きは最高だよな。よく分かる」

白い歯で肉を千切って食べているのはリュカだ。領主の息子とは思えぬ、礼儀作法のない食べっぷりだが、それこそこの場では正しい作法ともいえる。

お互い、串までしゃぶり尽くす。串にさえ肉の香りと味が移っているような気がするのだ。

柔らかな煮卵にはちょんと塩をつけて、卵の味そのものを楽しむ。鶏が産む卵の倍以上はある魔鳥卵には、付け合わせの黄色いトユという調味料をつける。

半熟の黄身を煮汁につけて口に入れると、舌にぴりりと来て旨みが増した。

「パンを煮汁に浸してもおいしいわよ」

隣のナディにすすめられ、煮汁に浸した大麦パンを頬張ってみて、クナはうっとりとした。

「クナってちゃんと笑えるんだな。知らなかった」

その様子を見ていたセスがしみじみと言う。ガオンも珍しげにしている。ガオンは屈んで豚肉の切れ端をロイに分けてやっている。

指摘されて、クナは自分が笑っていることに気がついた。頬に触れると表情筋が緩んでいる。

愛想がないと言われて、いつも張り詰めていた顔だ。不細工だと嘲笑《あざわら》われるのが億劫《おっくう》で、表情らしい表情をしばらく浮かべていなかった。

芋揚げをつまみながら、セスが好奇心でいっぱいの目を向けてくる。

「なぁ、リュカとクナで死の森に行ったんだろ。どうだったんだ？　幻の薬草は見つかったのか？」

クナとリュカは目を合わせた。目顔で思っていることは通じたようだった。

大樹を発見したことは、誰にも言わないほうがいい。それこそ聖女の力を追い求めていた存在の耳に入ってしまえば、大事になるだろう。

「そんなものなかった。でも、イシュガルさんを治す方法は見つけた」

「えっ、本当に？」

ナディが顔を輝かせる。セスとガオンも喜ばしげにするものだから、クナは「まだ治ったわけじゃないけど」と付け足したが、興奮するセスにはよく聞こえなかったに違いない。

「リュカの母ちゃん、早く元気になってくれよ。乾杯！」

三人の男がジョッキをぶつけ合う。肩を竦《すく》めたナディとクナも、こつんと合わせた。ナディは酒豪のようで、後ろに酒樽《さかだる》が運び込まれている。

クナは以前から気になっていたことを問うた。

「四人とも、長い付き合いなの？」

「ん？　まぁ、そうだな。話せば長くなるんだがなー」

「じゃあいい」

「いいのかよ」

セスが芋揚げを落としかける。油が染みて、ややふやけている。ぽとりと油が垂れる前に、焦って口に運んでいる。

「簡単に話すと、セスとガオンはちっちゃい頃からご近所同士で仲が良くて、あたしはそんな二人のお目付役で、途中からリュカも加わってやんちゃしてる……って感じかしら」

「最初はセスとリュカ、険悪だったよねぇ」

ガオンがあとを引き取る。犬好きなのか、今度は腸詰めをロイにやっている。厳密にはロイは狼だが……。

「その話はいいだろ」と照れくさそうに遮ったセスを、リュカはにやけ顔で見ていた。

「ほらクナ、知ってっか。これにはエールがよく合うんだぜ」

セスは串に通した烏賊《いか》の乾物を見せつけてくる。誤魔化しているのが丸わかりだ。

「じゃあ一口ちょうだい」

「おうとも」

セスが出そうとしてきたジョッキの横から、リュカの手が伸びてくる。

「こっちでもいいかクナ」

「どっちでもいい」

どうせ味は同じだろうと答えれば、ナディとガオンが口元を押さえて震えている。噴きだしたセスはリュカに殴られている。

烏賊の乾物を食べたクナは、続けざまに赤いエールを一口飲んでみた。少し生ぬるくなっているが、コクがあって飲みやすい。柑橘類《かんきつるい》に似たような味がする。

「確かに、うまい」

「だろ！」

セスがへへへ、と得意げな笑みを浮かべた。

天井からいくつも吊《つ》るされたランプから、温かな橙《だいだい》色《いろ》の光が広がり、ヤンの香りが漂う。甘いものを注文したくなったのか、ガオンが店員を呼んでいる。

（ああ、そうか）

橙色に色づく店内を眺めるクナは、椅子がいらない理由がようやく分かった。

「おお、リュカ。復帰したって聞いたが、町の外じゃちっとも会わねえな」

「セスとガオンがわびしく木の実を拾ってたぞ」

「親孝行中だからな。二人にはしばらく木の実と魔兎狩りをしてもらう」

「そういえば兎肉を頼んでないな。おれとガオンが狩ってきた肉を味わわないと」

「セス。納品元、隣町よ」

麦芽の香りが弾ける。炙《あぶ》られた肉の香りが漂って、木の実を噛《か》み砕《くだ》くがりがりという音と、笑い声が響く。

顔も名前も知らない冒険者があちこちからやって来て、リュカたちに親しげに絡む。激しくジョッキを合わせ、肩を組んで豪快に笑う。椅子があっては邪魔なのだろう。

同じ卓についているのに、どこか別世界の出来事を覗《のぞ》き見《み》ているような気分だった。クナはぼんやりと細い乾物の切れ端をかじっていたが、そんな彼女に頭上から声がかけられた。

「おっ。そっちにいるちっこい嬢ちゃん、もしかして噂の魔法薬師か？」

リュカと話していた冒険者に言われ、クナは首を傾《かし》げる。どういう噂か分からないからなんとも答えかねたのだ。

「リュカのほうから女の尻《しり》追っかけるなんて初めてだからよ、俺たちみんな驚いてんだ」

おい、とリュカが口を挟もうとする。まだ二杯目だが妙に顔が赤い。

「リュカに尻を追っかけられたことはないけど」

淡々とクナは事実を述べた。一拍置いてどっと笑い声が上がる。笑われた理由はよく分からないが、不愉快な笑いではなかった。

「こりゃあ大物だ。あんた名前は？」

「クナ」

次々と顔を出した冒険者が名前を名乗ってくる。クナはとりあえずジョッキとカップを合わせて乾杯をする。中には女の冒険者もいる。

（今後の常客になるかも）

クナは全員の顔と名前を覚えていく。大して酒を飲んでいないので、頭の回転は鈍っていない。

酒が入ってますます陽気になった男たちが、酒樽を転がして座ると樽《たる》を叩きだす。

そのリズムに合わせて客も店員も腹から声を出して歌い始めた。明るい歌声が店内にあふれる。

セスとガオンが歌いながら、腕を組んで回りだした。

ロイは人々の熱気に感化されて、尻尾《しっぽ》をはち切れそうなくらい振ってきゃんきゃんと吠《ほ》える。てんやわんやの大騒ぎが始まっていた。

（何事？）

こんなふうにみんなで集まって歌を歌うなど、アコ村では収穫祭くらいのものだ。

いや、あのときよりもずっと、心が弾むような――。

「今日は祭りか何かなの?」

もたつくクナの手をリュカが取る。

テーブルの縁をなぞるように、くるりと一回転。あちこちから歓声が上がって、リュカが明るく笑う。

「そうだ。ウェスは毎日が祭りだからな」

千鳥足の冒険者たちが、裏口からふらふらと出て行く。

リュカが会計を済ませる間、クナはロイを連れて外に出た。

ナディとガオンは、ひどい酔い方をしたセスに水を飲ませている。クナはほとんど酒を飲まなかったが、少し外の空気を吸いたい気分だった。

町角から吹く風が、火照った頬を冷ましてくれる。

頭上には青みがかった月と星々が、紺色の幕を張ったような夜空に輝いていた。

月明かりに照らされる道の辺に目を移すと、地べたに濃く伸びた影を見つけてクナは驚いた。

(……人?)

頭から身体を丸ごと包む外套《がいとう》はぼろぼろで、あちこちに黒ずんだ汚れのようなものがついている。

顔は影になってよく見えないが、使い込んだ杖《つえ》に、丸まった背中と長い髭《ひげ》からして、年老いた男のようだった。

彼の姿を見るなり、急にクナの世界から、音という音が消えた気がした。

店員が飲み代を計算する声。リュカが財布を探る音。セスの呻《うめ》き声。ランプに集まる蛾の羽音、ナディの眠そうな溜《た》め息《いき》……それらが薄い膜に隔てられたように、一気に遠ざかっていったのだ。

だがそのときのクナは、それをなぜだか不審には思わなかった。

「白き聖なる獣を従えて現れる乙女は、闇に侵される大地と人々を、慈愛の腕で守りたもう……」

彼が嗄《しわが》れた声で、ぶつぶつと何かを呟《つぶや》いているのが聞こえた。

それはどこか不気味な様子だったが、ロイは怖じ気づくこともなく老人に近づいていく。ほう、と彼が息を吐き、微笑むような気配がした。

「おお、おお、聖獣様……戻ってきてくださったのですね」

「クゥン」

「そうですか。新たな聖女様と共にご降臨なされたのですね。老いぼれた身ですが、再び相まみえることができ、望外の喜びです」

「キャン！」

老人の中では、会話が成り立っているのだろう。

ロイを見るなり聖獣と呼んだ老人は、顔を上げてクナのほうを見た。

落《お》ち窪《くぼ》んだ眼窩《がんか》。挑むように見つめられ、どくりとクナの心臓がひとつ跳ねる。

「聖女様。あなたは呪われた村を、お救いになるのでしょうか。罪人だらけのあの村を」

「……罪人？」

村と言われると、クナが知っているのはアコ村だけだ。

首を捻《ひね》るクナに、老人が「ええ」と頷《うなず》く。

「聖女を射た王が、罪人を押し込んで作った最果ての村です。……彼らの澱《よど》んだ心が聖なる地を呪い、魔があふれる森に変えてしまうなどと、あの愚かな男は夢にも思わなかったのでしょうよ」

杖を持つ日焼けした両手が、怒りを堪えるかのようにぶるぶると震えている。

（『聖薬伝』の話か？）

リュカの話では、人間が聖女を裏切った罰として、森に魔獣が増えたという話だったが、老人の口ぶりでは異なるようだ。

ただ、それを頭から信じてしまうと、ひとつ大きな疑問が出てくる。

（この人、何歳？）

当時の王や聖女、聖獣とも知人だったかのように話す老人――だが、こちらの質問を聞いてくれる雰囲気はない。

底光りする両の目が、じっとクナを見つめている。威圧感はないのに、何かを試されているように感じる。それでも、クナは正直に答えるしかなかった。

「客が罪人だろうと、聖人だろうと、金を払うなら薬は売る」

「それは――」

老人が何かを言おうとしたが、その前に戸がきいと開く音がした。

「クナ、待たせたな。……って、ギィじいちゃん？」

クナはハッと振り向く。今の今まで、自分が飲み屋の前で立ち尽くしていることも失念していたのだ。

リュカはすぐに老人――ギィに気がついて声をかけた。どうやら旧知の仲らしい。クナにとってその老人は、どこか浮世離れした存在のように感じられたから、その骨張った肩をぽんぽんと優しくリュカが叩《たた》くのを、不思議そうな目でまじまじと眺めてしまう。

「ギィじいちゃん、もう遅いから家まで送ってくよ。ガオンが」

「僕なんだ」

リュカの後ろから出てきたガオンが自分の顔を指している。

「オレはクナを送ってくし、セスはナディを……いや、ナディがセスを送ってくれるだろ？」

当然のように言う。

「私はロイがいるから大丈夫」

そもそもクナの宿泊しているアガネは同じ通り沿いだ。百歩も歩けば着く。

「今日は楽しかった、ありがとう」

「うん。オレもだ！」

残念そうな顔をしていたリュカだが、ぶんぶんと元気に手を振ってくれる。

全員に別れを告げて、クナは歩きだした。頭上から降り注ぐ青白い月光が白い石畳に当たり、まっすぐに帰り道を照らしてくれている。

宿屋の受付には明かりがついていたが、亭主の姿はなかった。厠《かわや》にでも行っているのだろう。

二階に上がり部屋の戸を開けたとたんに、とろとろと目蓋《まぶた》が下がってくる。腹が膨れているせいか、珍しくたくさんの人と話したせいか、眠たくて仕方がない。

「……湯浴みは朝でいいや」

「きゃん」

このまま寝たいくらいだったが、どうにか我慢して桶《おけ》に水をもらってくる。

手拭《てぬぐ》いを浸して、顔と身体を拭《ふ》く。ロイの汚れた足と腹も同じように拭いてやる。

寝間着に着替えて、覚束ない足取りで寝床に入ると、ロイもぴょんと寝台に飛び乗ってくる。

横たわるクナの腹のあたりで、ロイが丸くなる。

（ばあちゃんはアコ村の住人のために、聖女と同じように……こちら側に来たのか？）

考えたいことはたくさんある。だが、どうにも眠くて、考えるそばから思考が蕩《とろ》けていく。

（村で、何かが起こってる？　…………）

目を閉じると、あっという間だった。

水の中に沈むように意識が落ちていく。クナは逆らうことなく眠りの世界に誘われていった。

◇◇◇

アコ村にひとつしかない薬屋。

小さいが清潔に保たれていたその店は、以前と異なり薄汚れた様相を呈していた。

前の通りは、掃き掃除をしないせいでごみや木の葉が散乱している。

店内には大きな埃《ほこり》や髪の毛が落ちている。商品棚にもうっすらと埃が積もり、商品が補充されない空っぽの棚が目立つようになってきていた。

店を訪れた客は、カウンターに力なく座り込む男を見ると必ず文句を言ってくる。

「おいドルフ。どういうことだよ、ポーションの販売を休むって」

その日も、三人の村人がカウンターへと詰め寄っていた。

ドルフの顔なじみばかりだ。しかし全員の目は三角につりあがり、隠しきれない怒りがにじんでいる。そんな彼らを、ドルフは澱んだ目で見返す。

（どういうことも何もないだろ）

クナがいなくなり、ドルフは自力でポーションを作らないといけなくなった。

必死に調合したが、毎日数本のポーションを作るのがやっとだった。たった数日でドルフの顔は土気色になり、逞《たくま》しい身体は一回り小さくなった。魔力切れの苦痛がひどく、眠りにつくのも難しいために、目の下には隈《くま》までこしらえている。

耐えかねたドルフは、ポーションの販売を休止する旨を記した貼り紙を店の戸に張った。

その結果がこれだ。村内では数少ない文字が読める村人から、その内容は村中へと知れ渡った。

朝から晩まで村人たちが入れ替わり立ち替わり姿を見せては、ポーションを売れと迫ってくる。

ドルフの作った青蓋《ぶた》のポーションがほしいのだと。買ってやるのだから、今すぐ出せと。

「親父がまた鍬《くわ》を足先に落として怪我したんだ。ポーションがないと困るんだよ」

青年が言えば、「そうだ」と二人が追従する。

「いつになったら売りだすんだ？」

「せめて日にちくらい教えろよ」

ドルフは、こう返すしかない。

「……当分は無理だ。包帯があるから、そっちを買ってくれ」

「まさか、傷薬もないのか？」

「一昨日、売り切れたんだ」

傷薬や風邪薬、目薬などは、クナが調合したものがいくつか残っていたが、それらはほぼ完売してしまった。ポーションがないと知った村人が押し寄せて、焦って買い込んだのだ。

返ってくるのは、失望の溜め息である。

三人はドルフが折れないと知ると店を出て行ったが、薄い壁を通して「なんだよあの態度」「ふざけるなよ」と文句が聞こえてくる。その間、ドルフは両の拳《こぶし》を握り締めて震えていた。

（なんで俺が、あんなやつらに好き勝手言われなくちゃならないんだ）

今まで、ポーション作りの天才としてドルフは称えられてきた。

だがありがたいと手を合わせてきた村人たちは、ドルフが不調を訴えたとたんに手のひらを返した。役立たずを――まるでクナを見るような目で、ドルフを睨《にら》みつけるのだ。

（お前らがシャリーンに協力なんかしたせいで、クナは死んだんだぞ！）

悪いのはクナを追いだしたシャリーンと、その手伝いをした村人たちではないか。

自分は悪くないと思い込むドルフは、激しく貧乏揺すりをする。ぐう、と嘲笑《あざわら》うように腹が鳴る。最後にまともな食事をとったのはいつだっただろう。金の問題というよりも、魔力切れのせいだった。何を口にしても気持ち悪くて戻してしまうから、うかつに食事ができない。それなのに空腹感は絶えず身を苛《さいな》んでいる。

とても裏の畑を世話する気にもなれず、クナが熱心に育てていた薬草はそのほとんどが枯れていた。野菜はときどき引っこ抜き、生のままかじってはそこらに捨てた。

何を見ても、何をしていても、苛立《いらだ》ちばかりが募る。

呼び鈴が鳴る。この音が鳴るたび暴れだしたくなる。また文句を言いに誰かがやって来たのだ。今日にでも呼び鈴なんかぶっ壊してやろうと顔を上げたドルフは、目を留める。

開いた戸の隙間からのろのろと入ってきたのは、村はずれでひとり暮らしをする老婆だった。

「包帯をもらいたいんだけど」

用件を切りだした老婆に、ドルフはほっとする。

包帯ならばまだいくらでも余っている。しかしドルフが立ち上がる前に、老婆はしみじみと呟いた。

「あんた、クナのこと大事に思ってたんだねぇ」

「……え？」

「優しい兄貴だよ。死んだマデリの言いつけだからって、あんな出来の悪い子をちゃんと可愛がってさ……」

突然の言葉に、ドルフは間抜けに口を開くしかない。

「あの恩知らずは出て行ったそうだけど、気を落としちゃだめだよ。あんたには村のみんなが期待してんだからさ。真面目にがんばんなさい」

シャリーンが触れ回った作り話を、老婆は信じているようだった。

見当違いな励ましと共に、肩をぽんぽんと叩かれる。

言いたいことを言って満足したらしい。商品棚から勝手に包帯を取った老婆は、代金を棚の上に置き、さっさと店を出て行った。

ドルフは錆《さ》びついた硬貨を呆然《ぼうぜん》と眺める。

うるさいとがなり、曲がった背中を追いかけ、この硬貨を投げつけられたらどれほど気分がいいだろう。

しかしドルフは立ち上がって、ちっぽけな硬貨を回収することしかできなかった。

（シャリーンも、最後に来たのはいつだったか）

ドルフにつきまとっていたシャリーンは、数日前から姿を見せなくなった。

もともとドルフがウェスの出身だと名乗ったのを理由に、近づいてきた女だった。アコ村という あまりにもちっぽけな村で生まれ育った自分に、嫌気が差していたのだろう。話を聞くたび、少女の頃のシャリーンは素敵だと褒めそやし、うっとりと頬を染めていた。

本当はドルフの生まれは、ウェスではなかったが、引っ越してきたドルフは虚勢を張って嘘を吐いたのだ。シャリーンがあまりにもしつこく話を聞きたがるので、最近はそれっぽい話を絞りだすにも苦労していたが。

（どいつもこいつも、舐《な》めやがって）

ドルフは歯を食いしばる。

強い怒りに頭の中が支配される。ドルフは叫びだしたいような衝動を抱え、店を飛びだした。

道ばたに生える薬草を、手当たり次第に摘んでいく。

ただの植物に気を遣うつもりはない。根っこごと引き抜いていく。どうせ雨が降ればすぐに生えるのだから、どう扱おうがドルフの勝手だ。

――思いついたのだ。材料となる薬草さえ大量に入れれば、それなりのポーションができるはずだと。

魔力水ではなく井戸の水を。森の近くで薪を拾い集めて火を熾《おこ》せばいい。そうすれば、ドルフが無理をして魔法を使うことはないのだ。

「ふざけんなよ。俺だって、ポーションくらい作れんだよ」

ぶつぶつと小さな声で憎悪の言葉を吐きながら、ドルフは口元を歪《ゆが》ませる。

そうして摘み取った薬草の中に、不気味な色の野草が紛れていることに、気がつかないまま。

第九章　ここで生きていく

ウェスには、いくつかの精肉店がある。

東の郊外のなだらかな街道沿いには、主に小麦や大麦の栽培地や田畑があり、西の広大な草原では、牛や羊、豚といった家畜が飼われている。

牧草地の片隅には大きな加工場があり、加工された肉はウェスや、近隣の町に運ばれていく。精肉店が多いのも、ウェスに住む人々が魚より肉を好むのも、土地柄である。

店の軒先に張りだした屋根の下。

クナは初夏の風を浴びながら町を眺めて、自然と身体を揺らしている。

彼女がこの町に来て、ちょうど一か月が経《た》っていた。穏やかな春は、勢いよく雨嵐が吹き飛ばしていき、長く鬱々《うつうつ》とした雨が去ったあとは、爽《さわ》やかな夏の季節が訪れていた。

広場のほうから、旅芸人が笛や、弦を張った大きな梨のような形をした楽器を使い、演奏する音色が風に乗ってくる。知らない曲だけれど、耳に心地よく楽しい曲だ。日が燦々《さんさん》と降り注ぎ、朝から暑い日ではあるけれど、子どもたちは広場に集まって楽しげに手を叩いている。

背を向けた店内からはじゅうじゅうと、熱い油が跳ねる音がしている。漂う肉の香りが絶えず食欲を刺激する。ヒョロロロ、と響く笛と共に、ひとつの音楽を奏でているかのようだった。

「ほい、クナちゃんお待たせ」

「おっちゃん、ありがとう」

「熱いから気をつけてな」

気のいい店主に五十ニェカを支払って、クナは薄紙に包まれた芋肉揚げを受け取った。

「あっつい！」

忠告通りものすごく熱かった。悲鳴を上げるクナに、店主がけらけらと笑う。

とてもじゃないが持っていられず、大量の油が染みている包みの隅っこを、クナは親指と人差し指でつまむようにして持った。

足元のロイが甘えた声を出している。欠片を恵めと言いたいらしい。

芋肉揚げは、潰《つぶ》した芋と挽肉《ひきにく》を混ぜ合わせて、楕円《だえん》の形に丸めて揚げた料理だ。

アコ村の生活では芋が主食だった。痩《や》せた土でもよく育つありがたい野菜だが、もう芋はうんざりだ、と思ったことも一度や二度ではない。

しかし、ウェスに来て知った揚げたての芋肉揚げは別である。火傷に気をつけながらかぶりつくと、肉汁がじんわりと口の中に広がる。パンのかすをつけた茶色い衣はさくさくとしていて、この食感がまた堪らない。小腹が空いたら買いに来るのだが、やみつきになりつつあるクナだった。

ロイに絡みつかれて食べ歩きをしながら、きらきらと光る水路にかかった橋を渡る。

クナが向かうのは領主邸だ。昨夜、わざわざ宿屋の亭主に言付けがあった。イシュガルが呼んでいると言われれば、クナに断る理由はない。ちょうど今日は、薬草を採集しようと露店も休みにしていた。

そうして、クナが領主邸に到着すると。

正門扉の前に広がる庭園には、侍女に日傘を差されて佇《たたず》む貴婦人の姿があった。

初夏らしい衣装に身を包んだ女性は、イシュガルだった。

横にはリユカの姿がある。ロイが先に歩きだす。てらてらと油で光る唇を舐めてから、クナも彼女らの傍に向かおうとした。

足音に気がついたイシュガルがこちらを見やる。

陽光の下で見るイシュガルは若々しく、美しい女性だった。化粧は薄いが、出会った頃よりずっと顔色がいい。

目元を和らげたイシュガルが、ゆっくりと近づいてくる。

「クナさん、こんにちは」

クナは、静かに目を見開いた。その声は、イシュガルが発したものだった。

「クナさん、この通り……昨日からね。まだ、ゆっくりだけれど、喋《しゃべ》れるようになったのよ。本当に、ありがとう」

イシュガルに両手をぎゅうっと握られる。細くて白い手だ。目には涙がにじんでいる。

「それで、お礼のことなのだけれど」

リユカから何を聞いたのか、すぐさまイシュガルは報酬の話に移る。侍女はあきれ顔だが、クナとしてはありがたい。

「十万ニェカで、どうかしら」

「……えっ」

何やら既視感を覚える金額に、クナの目の色が変わる。提示されたのは、平民にとってはとんでもない大金だ。

クナには金が必要だ。明日死ぬというほど困っているわけではないが、芋肉揚げに小エビやとうもろこしを入れられない程度には生活に困っている。

「いや、でも」

クナは迷った。クナがイシュガルに処方したのはただのホットパックだ。

なくなれば何度も処方したものの、高価な薬草は使っていない。血行促進や疲労回復に効果的な薬草を混ぜただけである。原価や手間暇の面から考えても、十万ニェカを受け取れるほどの品ではない。

「わたくしの声を、取り戻して、くれたのだもの。それくらいのお礼は、当然でしょう？」

「……うーん」

「百万ニェカでも支払う用意が、あるけれど」

「十万ニェカで」

イシュガルが微笑む。なんだかうまいこと乗せられた気がするクナだ。

「それと――リュカちゃんにいろいろ、話して、くれたんですってね」

「余計なことでしたか？」

いいえ、とイシュガルが首を横に振る。

「わたくし、ずっと不安だったの。怖くて仕方なかったの。あのときみたいに、リュカちゃんが飛びだして……また、帰ってこなくなっちゃうかも、って」

「…………」

イシュガルの思い描く瞬間は、きっと、リュカが語った過去に関係している。

(今までイシュガルさんを診てきた医者たちも、おそらく気がついていた)

クナは魔法薬師だ。病を診て治す医者に、診療の腕は遠く及ばない。

全員ではないだろうが、彼らには分かっていたはずなのだ。イシュガルの症状が、心理的な要因によって引き起こされたものだと。

(頭を打ったわけでも、転倒したわけでもなく、老化によるものでもないんだから)

リュカには事前に話していたことを、クナはイシュガルにも話すことにした。

ウェスに魔獣が侵入してきて、リュカは勇猛果敢に戦う父や兄を追いかけて飛びだした。そのとき、リュカはイシュガルの手を振り切ったと何気なく口にしていた。

自分を庇《かば》う兄の姿が、リュカの脳裏に消えない恐怖として焼きついていたように――イシュガルにとっても、その出来事は後悔と恐怖によって彩られた過去なのだろう。

イシュガルが体調に異常を来した九か月前は、リュカが冒険者になった時期とぴたりと重なる。

彼女は、実の息子を案ずるあまり、心労で声が出なくなったのだ。

(でも、誰も言えなかった)

なぜ、言えなかったのか。病の原因に気がつかない振りを貫いたのか。理由についても推測はできる。

ウェスの領民から慕われるリュカに、明確な根拠を示せず難癖をつけるような形になることは、医者の立場からすると避けたかったただろう。

実際にリュカに冒険者稼業を諦《あきら》めさせることができたとして、イシュガルが治るという保証もない。

（その結果リュカが無謀にもひとりで死の森に入ったんだから、目も当てられないが）

だからクナは危険を承知で、リュカをもう一度、死の森へと連れて行くことにした。

幻の薬草を探しに行く振りをして、彼とイシュガルの過去を知るためである。そうして、安全なウェスにいては見えてこないだろう事情を探ることにした。

『イシュガルさんは、今も――――、リュカが冒険者を続けることに、反対していますか？』

クナの問いかけにイシュガルは頷いたが、それ以上のことを教えてはくれなかった。そこでクナは、つつくならリュカだと考えたのだ。

結果として、リュカは自身の過去を明かした。母親に大きな不安を抱かせていたことに、クナの助言がなくとも自ら気がつくことができた。

リュカが冒険者を辞めずに済む道。イシュガルの不安が少しは減ずる道。その落としどころを見つけたのはクナではなく、お互いを大切に思い合う親子だ。

「ねぇ、リュカちゃん。言ってくれたわよね？」

イシュガルがリュカに呼びかける。リュカは真剣な顔をしている。

「立派な冒険者を目指すから、見守っててほしいって。今後も怪我には、気をつけるから、って」

「ああ」

「あと、森に勝手に入ったりも、しないって！」

「……ああ」

その件については散々怒られたようで、リュカの返事にはやや元気がなかった。

しかしリュカはクナを見るなり、よく通る声で言い放った。

「オレ、大切な女の子を守れるくらい、強くなるよ」

——まるで、誓いの言葉のような。

庭園に響き渡る声を聞いたクナは、思わず頬を朱に染めて目を背けていた。

意外な反応に、確かな手応えを覚えて拳《こぶし》を握ったのはリュカである。だが、よし、と噛《か》み締《し》める彼の呟《つぶや》きは、クナには届いていない。

（母親を、大切な女の子って）

臆面《おくめん》もなく言い放ったリュカに、こいつすごいな、と純粋に感心しているクナである。なんでこっちを見たのかは知らないが、本人に目を見て伝えるのはリュカでも緊張したのだろうか。

だが、薬師として安堵《あんど》を覚えてもいる。手のかかる親子は、どうやら分かり合えたようだ。

（これなら、イシュガルさんの症状は再発しないだろうな）

先日のように、羨《うらや》ましいとだけ思わなかったのは、リュカの抱える苦悩に触れたからか。

それとも彼が、クナのことを――大好きだのなんだのと言ったせいだろうか。

沈黙するクナの肩に、イシュガルがそっと手を置いた。リュカに聞こえないようにだろう、耳元に顔を寄せて、ひっそりと囁《ささや》いてくる。

「ね。クナさんも、リュカちゃんのことを見ててくれる？」

「いえ」

クナは考えるまでもなく否定する。

「リュカを眺めてる暇はありません。私はもっと稼がないといけないので」

それにリュカを見ている時間があるならば、薬を調合していたい。

「……ふふっ」

イシュガルは少女のように笑うと、クナをぎゅっと抱きしめた。

「クナちゃん、本当に可愛い。いつかきっと、わたくしの娘になってね」

ぱちくりと目をしばたたかせるクナの頭を撫《な》でると、悪戯っぽく片目をつぶる。

「少し待っていて。報酬を、持ってくるから」

そう言って踵《きびす》を返す。使用人に運ばせるのではなく、自分で持ってくるつもりなのだろう。喜びに満ちた背中に、クナも嬉《うれ》しくなった。

大したことをしたわけではない。それでも、役に立てた。誰かの力になれたのだと思うと、胸が温かくなる。

入れ替わるように近づいてきたリュカが、口を開く。

「母さん、何か言ってたか？」

「娘になってって言われた」

クナは素直に答えた。その言葉の真意を教えてもらうつもりだったのだが、なぜかリュカは固まってしまっている。

そんなリュカに何か、言いたいことがあったような気がした。今まで何度も、言う機会を逃していた。

珍しくリュカが沈黙しているこのときを、逃すわけにはいかない。クナは勇気を出して口を開いた。

「リュカは、役立たずじゃないよ」

一瞬、間を置いてから、リュカが噛み締めるように言う。

「クナもな」

風にあおられる髪を押さえて見上げると、リュカが青い目を細めてクナを見つめていた。

「ありがとう」

不意打ちの言葉。

また頬のあたりがむず痒《がゆ》くなって、クナは後ろを向く。

「どうしたんだ、クナ」

（覗《のぞ》き込むな）

リュカの脛《すね》のあたりを軽く蹴《け》るが、美丈夫はまったく怯《ひる》まない。

苛立《いらだ》ちながらクナは本音を明かした。

「あっち向いてて。なんか、頬がむずむずして変な顔になりそうなの！」

感情的に怒鳴れば、リュカはぱちくりと瞬きをする。

「変な顔じゃないぞ。クナ、笑ってるんだろ？」

「え……」

（そういえば……）

最近しょっちゅう、顔の筋肉が変な感じに動くものだから、頬肉を引っ張ったり後ろを向いてやり過ごしていたけれど。

（私は、笑おうとしてたのか）

ずいぶん昔、なくしたはずの笑顔を、クナは取り戻しつつあったのだ。

指摘されると、すとんと胸に実感が落ちてくる。

「クナがウェスに来てくれて、良かった」

「うん」

今度は、頷《うなず》くのに躊躇《ためら》いはなかった。

小犬の鳴く声がする。花壇の周りを駆けるロイの小さな頭に、緑色の葉っぱがついている。

鏡はない。けれど、きっと今のクナは、少しは楽しそうに笑えている。

「ありがとう。私も……ここに来て良かった」
クナの意識は、森の中で芽生えた。
誰も頼るものはなく、森で生きていたら、マデリと出会って村に辿《たど》り着《つ》いた。
今いるのは、そのどちらでもないところ。
それなのに胸の真ん中に、どっしりとした実感が住み着いている。
——自分の足で辿り着いたこの場所で。
クナはこれからも、薬師として生きていく。

あとがき

初めまして、榛名丼《はるなどん》と申します。

この度は「薬売りの聖女」をお手に取ってくださり、ありがとうございます。

本作は異世界物ではあるのですが、十～十三世紀あたりのヨーロッパを念頭に置き、イメージを膨らませていきました。貧しさや不自由さを抱えながら、人々が逞しく生きていく時代です。

魔法薬師であるクナもまた、様々な困難に遭いながら、生きるために必死に立ち上がります。ウェスという町で数々の出会いを経る中で、そんな彼女の本来の実力が認められていきます。植物に詳しいクナですが、まさに彼女の強さはクナの花に通じるところがあります。

だからこそ、作中では薬草をごりごりしたり、薬を調合したりする場面だけでなく、クナが料理したり、ごはんを食べたり、お風呂に入ったり、眠ったりするところをしっかりと書いております。一見すると当たり前のような生活でも、それはクナが自身の努力で勝ち取った日々なんです。

ウェブ版では「読んでいるとお腹が空いちゃいます！」とたくさんのご感想をいただきました(笑)。書籍版の読者の皆さまにも、お腹ペコペコになりながら楽しんでいただけたら幸いです。

そして素敵なお知らせです。
早くもFLOS　COMICにて本作のコミカライズが決定いたしました。クナやリュカ、架空の植物の数々をどんなふうに描いていただけるのか、わたしもわくわくしております。続報をお待ちくださいませ。

最後に謝辞になります。
イラストレーターのCOMTA様。この度は素敵なイラストを本当にありがとうございます。クナを中心に顔かたちや服装について、かなり無茶振りしてしまった……と内省していたのですが、想像を超えるイラストを描いていただきました。小犬バージョンのロイが可愛《かわい》すぎて、抱っこして眠りたいです。もちろん狼バージョンでも大歓迎！

まだまだクナのお話は始まったばかりです。作者としましても、ぜひ続きをお届けできたらな、と願っております。

それでは、また皆さまにこの場でお会いできますように。

二〇二三年八月　榛名井

お便りはこちらまで

〒102－8177
カドカワBOOKS編集部　気付
榛名丼（様）宛
COMTA（様）宛

カドカワBOOKS

薬売《くすりう》りの聖女《せいじょ》
～冤罪《えんざい》で追放《ついほう》された薬師《くすし》は、辺境《へんきょう》の地《ち》で幸《しあわ》せを掴《つか》む～

2023年10月10日　初版発行

著者／榛名丼《はるなどん》

発行者／山下直久

発行／株式会社KADOKAWA

〒102-8177
東京都千代田区富士見2-13-3
電話／0570-002-301（ナビダイヤル）

編集／角川ビーンズ文庫編集部

印刷所／大日本印刷

製本所／大日本印刷

Printed in Japan
ISBN 978-4-04-113885-4 C0093